D0838885

UN ŒUF ÉTRANGE VENU DE MARS

Chair de poule^{MC}
39

UN ŒUF ÉTRANGE VENU DE MARS

R.L. STINE

Traduit de l'anglais par
J. LUSSIER

Données de catalogage avant publication (Canada)

Stine, R.L.

Un œuf étrange venu de Mars

(Chair de poule ; 39)
Traduction de : Egg Monsters from Mars.
Pour les jeunes de 8 à 12 ans.

ISBN 2-7625-8596-1

I. Lussier, J. II. Titre. III. Collection: Stine, R.L. Chair de poule ; 39.

PZ23.S85Oe 1997   j813'.54   C96-941559-1

Egg Monsters from Mars - Series Goosebumps ®
Copyright © 1995, 1996 Parachute Press, Inc. - All rights reserved
Publié par Scholastic Inc.

Version française
© Les éditions Héritage inc. 1997
Tous droits réservés

Infographie de la couverture et mise en pages : Michael MacEachern

Dépôts légaux : 1er trimestre 1997
Bibliothèque nationale du Québec
Bibliothèque nationale du Canada

ISBN : 2-7625-8596-1   Imprimé au Canada

LES ÉDITIONS HÉRITAGE INC.
300, rue Arran, Saint-Lambert (Québec) J4R IK5
Téléphone : (514) 875-0327
Télécopieur : (514) 672-5448
Courrier électronique : heritage@mlink.net

Ma sœur Virginie va bientôt avoir dix ans. Elle a demandé à mes parents d'organiser une chasse aux œufs à l'occasion de sa fête d'anniversaire. Or, ma sœur obtient toujours ce qu'elle désire. Elle n'a qu'à afficher ce sourire qui fait apparaître ses fossettes et à ouvrir grands ses yeux verts tout en tirant sur l'une de ses boucles rousses.

Mes parents ne peuvent jamais résister à son charme. Si elle avait demandé une autruche bleu, blanc et rouge pour son anniversaire, mon père serait sûrement installé dans le garage en train d'en peindre une aux couleurs voulues.

Ma sœur cadette n'a vraiment pas son pareil pour amener les gens à faire ses quatre volontés. Pour tout dire, j'ai moi-même de la difficulté à lui refuser quoi que ce soit.

Contrairement à Virginie, je n'ai rien de mignon avec mes lunettes et mes cheveux noirs droits, qui me couvrent le front. De plus, alors que ma sœur est petite et délicate, je fais un peu d'embonpoint.

— David, tu as l'air beaucoup trop sérieux, me répète sans cesse ma mère.

Selon ma grand-mère Micheline, j'ai une âme qui a beaucoup vécu. J'imagine qu'elle veut dire par là que je suis plus sérieux que la moyenne des jeunes de douze ans. Et peut-être qu'elle a raison.

Je me vois cependant davantage comme un garçon curieux plutôt que sérieux. Les sciences me passionnent. J'aime bien étudier les insectes, les plantes et les animaux. J'ai d'ailleurs une colonie de fourmis et deux tarentules dans ma chambre.

Sans parler de mon propre microscope. Hier soir, je l'ai utilisé pour examiner un morceau d'ongle. C'est beaucoup plus intéressant qu'on pourrait le croire.

J'aimerais bien plus tard devenir chercheur et posséder mon propre laboratoire. Je pourrais alors étudier tout ce qui me plaît.

Mon père est chimiste. Il travaille pour un fabricant de parfums. Il mélange divers ingrédients pour créer de nouvelles fragrances. Quant à ma mère, avant de le rencontrer, elle effectuait des travaux avec des rats blancs pour le compte d'un laboratoire.

Inutile de dire que mes parents sont ravis que je m'intéresse aux sciences et qu'ils n'hésitent pas à m'encourager. Ce qui ne veut pas dire qu'ils me donnent tout ce que je désire. Si je leur demandais une autruche bleu, blanc et rouge pour mon anniversaire, par exemple, mon père me dirait tout simplement d'aller jouer avec celle de ma sœur.

Je dois admettre, cependant, que l'idée d'une chasse aux œufs n'est pas si farfelue, puisque

Virginie fête son anniversaire une semaine avant Pâques. Notre cour se prête en outre à merveille à une chasse aux œufs. Immense, elle s'étend jusqu'à un petit ruisseau et elle est parsemée de buissons, d'arbres et de plates-bandes où on peut dissimuler des œufs. Il y a même une énorme vieille niche, bien que nous ne possédions pas de chien.

Ma sœur aura donc sa chasse aux œufs. Elle y a invité tous les jeunes de sa classe.

Voici arrivé le jour de son anniversaire. Il fait relativement chaud pour la saison, et le ciel est dégagé à l'exception de quelques cumulus en altitude. (Eh oui, tu as deviné ! Je m'intéresse aussi aux nuages.)

Sitôt après le déjeuner, ma mère se précipite à l'extérieur avec un seau plein d'œufs.

— Je vais t'aider à les cacher, lui proposé-je.

— Ce ne serait pas juste, réplique ma mère. Après tout, tu vas toi aussi participer à cette chasse aux œufs.

Je l'avais presque oublié. Virginie n'aime généralement pas que je traîne à la maison lorsque ses amis viennent la visiter. Elle a cependant décidé que moi et ma meilleure amie, Anne Gravel, pouvions prendre part à sa chasse aux œufs.

Anne habite la maison voisine de la nôtre. Sa mère et la mienne sont les meilleures amies du monde. Madame Gravel a accepté que ma mère cache une partie des œufs dans sa cour. Il était donc normal que Virginie invite Anne à sa fête d'anniversaire.

Grande et mince, Anne a de longs cheveux châtains. Elle me dépasse presque d'une tête, de sorte que tout le monde la croit plus âgée que moi. En réalité, cependant, elle n'a elle aussi que douze ans.

Anne aime bien faire rire les gens et raconte sans cesse des blagues. Elle se moque de moi parce que je suis tellement sérieux, mais je n'y porte pas attention. Je sais qu'elle ne fait que plaisanter.

L'après-midi venu, Anne et moi regardons arriver les compagnes et les compagnons de classe de ma sœur. Virginie leur donne à chacun un petit panier de paille. Leurs yeux se mettent à briller lorsque ma sœur leur apprend qu'il y aura une chasse aux œufs.

Dès qu'elle mentionne que le premier prix consiste en une poupée coûteuse, les filles ne tiennent plus en place. Les garçons, eux, protestent. Virginie aurait dû choisir un prix qui aurait pu également leur plaire. Certains se mettent à lancer leur panier à la manière d'un frisbee. D'autres décident de lutter entre eux pour le plaisir.

— J'étais beaucoup moins bébé que ça à leur âge, chuchoté-je à Anne.

— À leur âge, tu adorais les tortues Ninja, réplique mon amie en roulant les yeux.

— Jamais de la vie ! protesté-je.

— Ne le nie pas. Tu venais toujours à l'école vêtu d'un chandail décoré de tortues Ninja.

Je fais rouler un caillou du pied.

— Ce n'est pas parce que je portais ce chandail que je les aimais nécessairement, dis-je.

Anne repousse ses longs cheveux.

— Je me souviens de la fête à l'occasion de ton dixième anniversaire, déclare-t-elle d'un ton sarcastique que je déteste. Les assiettes, les verres et même la nappe étaient décorés de tortues Ninja.

— Ça ne veut pas dire que je les aimais !

Trois autres compagnes de classe de ma sœur arrivent à la course en traversant la pelouse. Je les reconnais. Virginie et elles forment ce que j'appelle le club de coiffure. Elles se retrouvent dans la chambre de ma sœur après l'école et passent tout leur temps à se coiffer les unes les autres.

Mon père avance lentement dans leur direction, l'œil collé au viseur de son caméscope. Les trois membres du club de coiffure agitent la main en lançant un « bon anniversaire » à ma sœur. Mon père filme toujours nos fêtes d'anniversaire et autres occasions importantes. J'ignore cependant pourquoi, car nous ne regardons jamais ces cassettes.

Le soleil brille, et l'herbe embaume. À peine éclos, les bourgeons des arbres laissent apparaître de minuscules feuilles vert tendre.

— Allez, tout le monde, suivez-moi, ordonne Virginie avant de s'éloigner vers l'arrière de la maison.

Ses amis lui emboîtent le pas, leur panier à la main. Anne et moi fermons la marche. Mon père avance à reculons, l'œil toujours collé au viseur de son caméscope.

Ma mère nous attend derrière la maison.

— Il y a des œufs cachés un peu partout, nous annonce-t-elle en balayant la cour du bras. À vous de les trouver.

— Écoutez-moi, tout le monde, crie ma sœur. Je vais compter jusqu'à trois... Un...

Anne se penche vers moi.

— Je te parie cinq dollars que je vais trouver plus d'œufs que toi, me chuchote-t-elle à l'oreille.

Je souris. Elle sait toujours comment rendre les choses plus intéressantes.

— Deux…

— Je tiens le pari, dis-je à Anne.

— Trois! lance Virginie.

Un cri s'élève autour de nous. La chasse est ouverte. Les amis de ma sœur se dispersent à la hâte. Certains se penchent pour fouiller l'herbe, tandis que d'autres se déplacent à quatre pattes. J'en vois qui forment des équipes et d'autres qui cherchent en solitaire.

Me retournant, j'aperçois Anne qui se penche, ramasse un œuf, puis continue à se déplacer rapidement le long du garage. Il y a déjà trois œufs dans son panier.

«Pas question de la laisser gagner!» me dis-je. Sans perdre un instant de plus, je m'éloigne au pas de course.

Plusieurs filles sont agglutinées autour de la niche. Je les dépasse à la recherche d'un coin désert. Il me faut un endroit où je pourrai trouver plusieurs œufs sans avoir à rivaliser avec d'autres pour m'en emparer. Toujours au pas de course, je traverse l'herbe plus haute au fond de la cour et j'atteins presque le ruisseau. Il n'y a personne à proximité.

J'entreprends de fouiller les environs et découvre aussitôt un œuf dissimulé derrière une roche. Je n'ai pas de temps à perdre si je veux gagner le pari. Me penchant, je ramasse l'œuf et le dépose à la hâte dans mon panier.

Je décide ensuite de me mettre à genoux. Après avoir déposé mon panier par terre, je reprends mes recherches.

Un cri soudain me fait sursauter, et je me relève d'un bond.

2

Intrigué, je me retourne en direction de la maison. J'aperçois alors l'un des membres du club de coiffure qui agite les mains avec frénésie tout en appelant ses amies. Aussitôt, je ramasse mon panier puis m'élance dans sa direction.

— Ce ne sont pas des œufs durs! s'écrie-t-elle.

M'étant approché, je distingue maintenant un jaune d'œuf visqueux qui glisse le long de son chandail.

— Ma mère n'a pas pu les faire cuire ni les décorer, annonce ma sœur. Elle n'a tout simplement pas eu le temps.

Je regarde du côté de la maison. Mes parents ont disparu à l'intérieur.

— Faites attention, ajoute Virginie. S'ils se brisent...

Elle n'a pas le temps d'en dire plus. Un autre bruit se fait entendre, suivi d'un éclat de rire. Lancé par l'un des garçons, un œuf vient de s'écraser contre la niche.

— Super ! s'exclame l'une des compagnes de classe de ma sœur.

Boule, l'énorme chien berger d'Anne se précipite hors de la niche. J'ignore pourquoi, mais il aime bien y dormir. Ce n'est cependant pas le moment d'approfondir la question, car un autre œuf vient de se fracasser, cette fois contre le mur du garage.

D'autres rires fusent. Les amis de ma sœur trouvent visiblement ça drôle.

Je me penche pour éviter un œuf qui passe au-dessus de mon épaule et éclate en frappant le sol. Des œufs volent de toute part. Bouche bée, je reste là sans rien faire jusqu'à ce que j'entende un cri haut perché.

Me retournant, j'aperçois deux des membres du club de coiffure, un œuf écrasé sur la tête. Les filles se passent les mains dans les cheveux pour essayer d'en décoller cette masse jaune gluante.

Vlan ! Un autre œuf frappe le garage. D'autres roulent dans l'entrée.

La tête baissée pour me protéger, je me mets à la recherche d'Anne. Elle est sans doute rentrée chez elle. Après tout, elle entend à rire, mais elle est trop mature pour prendre part à quelque chose d'aussi enfantin.

C'est du moins ce que je pense jusqu'à ce que sa voix me parvienne.

— Daaavid ! s'exclame-t-elle derrière moi d'un ton qui ne laisse aucun doute sur ses intentions.

Je me laisse tomber sur le sol juste à temps pour éviter les deux œufs qu'elle a lancés dans ma direction. Ces projectiles passent au-dessus de ma tête et atterrissent dans l'herbe.

— Arrêtez! crie ma sœur, désespérée. Arrêtez! C'est ma fête d'anniversaire. Arrêtez!

Un œuf la frappe à la poitrine. Des rires fusent de partout. Le gazon est couvert de taches jaunes gluantes.

Je lève les yeux en direction d'Anne. Elle me sourit, un autre œuf à la main. Le moment est venu de passer à l'action. Plongeant la main dans mon panier, j'en sors le seul œuf que j'ai pu ramasser. Le bras étiré vers l'arrière, je m'apprête à le lancer. Qu'est-ce que...

Intrigué, j'y renonce et baisse le bras pour examiner cet œuf de plus près. Il a quelque chose de bizarre, de très bizarre.

Tout d'abord, il est plus gros qu'un œuf ordinaire et même qu'une balle de baseball. Je le tourne entre mes mains avec précaution. Sa couleur n'est pas non plus celle d'un œuf ordinaire. Au lieu d'être blanche ou brune, sa coquille paraît d'une teinte vert pâle.

Je lève cet œuf pour l'étudier en pleine lumière. Sa coquille est effectivement verte, et de minuscules fissures la parcourent en tous sens. Je passe le doigt sur l'une d'entre elles. Non, il ne s'agit pas de fissures. On dirait plutôt des espèces de veines d'un bleu violacé.

— Bizarre, marmonné-je à haute voix.

Les amis de Virginie s'en donnent toujours à cœur joie. Des œufs volent de toute part. L'un d'entre eux s'écrase à mes pieds et éclabousse mes chaussures de sport. Je n'y prête cependant pas attention.

Après avoir tourné cet œuf étrange d'un côté puis de l'autre entre mes mains, je l'approche de mon visage. Plissant les yeux, j'en contemple les espèces de veines bleu violacé.

— Hé! fais-je avec étonnement.

Je sens un pouls sous mes doigts. Ces veines battent! Toc, toc, toc. Elles battent à un rythme régulier.

— Ouah! Ce truc-là est vivant! m'écrié-je.

De quoi peut-il bien s'agir? Je n'ai jamais rien vu de pareil, et je brûle d'impatience de m'installer à ma table de travail pour examiner cet œuf de plus près. Je veux cependant le montrer d'abord à Anne.

— Hé! Anne! appelé-je en m'élançant vers elle.

Les yeux fixés sur l'œuf que je tiens toujours à deux mains, je n'aperçois Boule, le chien berger de mon amie, qu'au moment où il me coupe le chemin.

Butant contre lui, je perds l'équilibre et tombe lourdement sur mon œuf. Oh non!

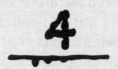

4

Je me redresse en toute hâte. Boule se met à me lécher le visage. Ce qu'il peut avoir mauvaise haleine, ce chien! Le repoussant du bras, je me penche pour examiner mon œuf.

Il n'est pas cassé. Incroyable! Je le ramasse avec précaution et le retourne en tous sens. Rien. Pas même une fêlure. Je n'ai jamais vu une coquille aussi solide. Même après avoir été écrasée sous ma poitrine, elle n'a rien. Absolument rien.

J'enveloppe l'œuf de mes mains comme pour l'apaiser. Je sens battre ses veines bleu violacé. C'est peut-être signe que cet œuf va bientôt éclore. Quelle espèce d'oiseau pourrait-il bien en sortir? Certainement pas un poussin. Non, il ne s'agit absolument pas d'un œuf de poule.

Vlan! Un autre œuf frappe le mur du garage. Certains des amis de ma sœur se chamaillent sur la pelouse gluante. Me retournant, j'aperçois un garçon qui écrase un œuf sur la tête d'un autre.

— Arrêtez! Ça suffit! s'époumone Virginie dans

l'espoir de rétablir le calme avant que tous les œufs ne soient cassés.

Mes parents accourent de la maison.

— Hé! Anne! appelé-je tout en me remettant sur pied sans lâcher mon œuf.

Mon amie est occupée à lancer des œufs en direction de trois filles qui la bombardent sans merci. Malgré qu'elles soient trois contre elle, Anne tient bon. Elle n'est tout simplement pas du genre à capituler.

— Regarde cet œuf, lui dis-je en m'approchant d'un pas rapide. Tu n'en reviendras pas.

Je m'arrête aux côtés d'Anne et tends la main vers elle pour lui faire voir ma découverte.

— Non! Attends! protesté-je lorsqu'elle s'empare de mon œuf et le lance en direction des trois autres filles.

Trop tard.

5

— Nooon, gémis-je.

Tandis que je contemple la scène avec horreur, l'une des trois filles attrape mon œuf au vol et le relance dans notre direction. Je plonge aussitôt la tête la première et tends la main pour le saisir avant qu'il ne s'écrase sur le gravier de l'entrée.

Ouf! J'espère qu'il n'est pas cassé. Non. Il n'a rien. On dirait presque que cet œuf a une coquille en acier!

Je me relève en le tenant toujours avec précaution. À mon grand étonnement, il est chaud au toucher. Si chaud que je passe près de le laisser tomber. Ses veines battent à un rythme rapide sous mes doigts. Je voudrais bien montrer cet œuf à mes parents, mais ils sont occupés à tenter de ramener le calme.

Le visage rouge de colère, mon père crie après ma sœur en pointant du doigt les taches jaunes qui couvrent le mur du garage. Ma mère, elle, s'efforce de réconforter deux fillettes en pleurs. Leurs vêtements et leurs cheveux sont couverts d'œufs. C'est sans doute pour ça qu'elles pleurent.

Un peu plus loin, Boule s'en donne à cœur joie. Il agite la queue et court en tous sens à travers le gazon en s'arrêtant ici et là pour lécher les œufs écrasés.

Nous ne sommes pas près d'oublier cette fête!

Je décide d'emporter mon étrange découverte à l'intérieur afin de l'étudier plus tard. J'envisage de détacher un tout petit morceau de sa coquille pour l'examiner au microscope, puis d'y percer un trou minuscule pour tenter de voir à l'intérieur.

L'œuf demeure chaud au toucher, et je sens toujours battre ses veines. «Il s'agit peut-être d'un œuf de tortue», me dis-je tout en me dirigeant avec précaution vers la maison.

Une journée de l'automne dernier me revient en mémoire. Ce matin-là, Anne a découvert une tortue devant chez elle. Après l'avoir transportée dans sa cour, elle m'a appelé parce qu'elle se doutait bien que je voudrais l'étudier. C'était une grosse tortue, de la taille d'une boîte à lunch.

Anne et moi nous sommes demandé d'où elle pouvait bien venir. J'ai un livre sur les tortues qui nous aurait aidés à en déterminer l'espèce. Je me suis donc empressé d'aller le chercher dans ma chambre. Ma mère a cependant refusé de me laisser ressortir parce que c'était l'heure du dîner.

Lorsque je suis enfin retourné chez Anne, la tortue avait disparu. J'imagine qu'elle s'était tout simplement enfuie. Les tortues arrivent à se déplacer relativement vite lorsqu'elles en ont envie.

Cet œuf étrange que je tiens toujours pourrait

donc bien provenir d'une tortue. Mais pourquoi est-il si chaud? Et comment expliquer toutes ces veines qui le parcourent? À ma connaissance, aucune espèce d'œuf ne présente ce genre de chose.

Une fois dans ma chambre, j'ouvre un tiroir de ma commode pour y déposer ma découverte. Après l'avoir entourée de chaussettes roulées en boule afin de la protéger, je referme lentement le tiroir puis ressors de la maison.

Les invités de Virginie partent les uns après les autres. Ils sont tous couverts d'œufs gluants, et ils n'ont pas l'air très heureux. Pas plus que ma sœur d'ailleurs. Rouge de colère, mon père crie après elle en agitant les bras en direction de la pelouse maculée d'œufs.

— Comment as-tu pu les laisser faire? s'époumone-t-il. Pourquoi ne les as-tu pas arrêtés?

— J'ai essayé, gémit ma sœur. J'ai vraiment essayé.

— Il va falloir faire repeindre le garage, murmure ma mère en secouant la tête. Et comment allons-nous pouvoir tondre le gazon?

— Cette fête était un désastre! s'exclame Virginie.

Elle se penche pour détacher des morceaux de coquille qui collent à sa chaussure puis lève les yeux vers notre mère.

— Et c'est ta faute! lui déclare-t-elle.

— Quoi? s'étonne ma mère. Qu'est-ce que tu racontes?

— Tu n'as pas fait cuire les œufs, persiste Virginie, alors c'est ta faute.

Ma mère ouvre la bouche pour protester, mais y

renonce. Après avoir nettoyé sa chaussure, ma sœur se redresse. Se tournant vers notre mère, elle lui fait son plus beau sourire à fossettes.

— L'année prochaine à ma fête d'anniversaire, est-ce que tu nous laisseras préparer nos propres coupes glacées?

J'aimerais bien pouvoir enfin examiner mon étrange découverte, mais nous devons rendre visite à grand-mère Micheline et à grand-père Henri pour ensuite souper avec eux au restaurant. Mes grands-parents font toujours beaucoup de cas de l'anniversaire de ma sœur.

Une fois que nous sommes arrivés chez eux, Virginie doit tout d'abord déballer ses cadeaux. Grand-mère lui a acheté une paire de pantoufles roses que ma sœur ne portera jamais. Tout au plus les donnera-t-elle à Boule, qui pourra s'amuser à les mâchouiller.

Virginie déballe ensuite la boîte la plus volumineuse et y trouve un pyjama blanc et rose. Prenant un air ravi, elle affirme avoir justement besoin d'un nouveau pyjama. Ma sœur sait jouer la comédie au besoin, mais je trouve qu'elle en rajoute un peu trop.

En dernier lieu, elle reçoit un bon-cadeau de 25 $ échangeable chez le marchand de disques du centre commercial. Pas mal.

Je propose à ma sœur de l'accompagner pour l'aider à faire son choix. Elle feint de n'avoir rien entendu.

Virginie remercie nos grands-parents en les embrassant. Elle aime bien embrasser les gens. Nous

nous rendons ensuite tous ensemble au restaurant italien qui vient d'ouvrir au coin de la rue.

Pendant le repas, la conversation tourne autour de la fête d'anniversaire de ma sœur. En apprenant ce qui s'est passé, grand-mère et grand-père ne peuvent s'empêcher de rire. Toute cette histoire n'avait rien de drôle sur le moment, mais nous pouvons maintenant en reconnaître le côté humoristique. Même mon père parvient à sourire une fois ou deux.

L'œuf rangé dans ma commode me revient sans cesse à l'esprit. Est-ce que je vais découvrir à mon retour un bébé tortue blotti contre mes chaussettes ?

Le repas ne semble jamais vouloir finir. Grand-père Henri nous raconte toutes ses histoires de golf. Il n'y manque jamais, et nous prenons soin d'en rire chaque fois.

Il est très tard lorsque nous rentrons enfin à la maison. Virginie s'endort dans la voiture pendant le trajet de retour. Quant à moi, je parviens tout juste à garder les yeux ouverts.

Sitôt à la maison, je me traîne péniblement jusqu'à ma chambre, où j'enfile mon pyjama. Ceci fait, j'éteins la lumière en bâillant. Je n'aurai sûrement aucune difficulté à m'endormir ce soir.

Après avoir donné à mon oreiller la forme voulue, je me glisse sous les couvertures puis les remonte. Au moment où je m'apprête à poser ma tête sur l'oreiller, un bruit attire mon attention. On dirait les battements réguliers d'un cœur ; mais ce bruit est plus fort, bien plus fort.

Boum, boum, boum.

Il est tellement fort que j'entends les tiroirs de ma

commode s'entrechoquer. Sans plus songer à dormir, je me redresse et tourne la tête en direction de ma commode.

Boum, boum, boum.

Je pivote sur mon séant et pose les pieds sur le plancher. Est-ce que je devrais aller voir ce qui se passe dans le tiroir où se trouve l'œuf? Assis là dans l'obscurité, je tremble d'excitation... et de crainte.

Boum, boum, boum.

Est-ce que je devrais aller jeter un coup d'œil dans mon tiroir ou fuir aussi loin que je le peux?

Boum, boum, boum.

Je veux savoir ce qui fait ce bruit. L'œuf a peut-être éclos, et la tortue qui en est sortie heurte peut-être les parois du tiroir en essayant de s'échapper.

Mais est-ce que c'est bien une tortue? Qui peut dire s'il ne s'agit pas de quelque chose de plus étrange?

La peur s'empare de moi.

Je me lève en inspirant à fond. Les jambes molles et tremblantes, la bouche soudainement sèche, je traverse la pièce d'un pas lent.

Boum, boum, boum.

Après avoir allumé la lumière, je cligne plusieurs fois des yeux pour échapper à l'éblouissement. À mesure que j'approche de ma commode, le bruit gagne en intensité. On dirait les battements d'un cœur, sans doute ceux du cœur de la créature contenue dans l'œuf.

Je saisis les poignées du tiroir puis je prends une autre profonde inspiration. Il me reste une dernière chance : je peux encore m'enfuir et renoncer à ouvrir ce tiroir.

Boum, boum, boum, boum, boum.

Je tire lentement le tiroir et jette un coup d'œil à l'intérieur. À ma grande surprise, son contenu est tel que je l'avais laissé. L'œuf se trouve encore au même endroit, entouré de mes chaussettes. Ses veines bleu violacé palpitent.

Me sentant un peu plus calme, j'empoigne l'œuf et manque aussitôt le laisser tomber parce que sa coquille est brûlante. Je souffle dessus pour tenter de la refroidir.

— Je n'ai jamais rien vu d'aussi bizarre, murmuré-je pour moi-même.

Il faut que je montre ce truc à mes parents. Ils pourront peut-être me dire de quoi il s'agit. Je sais qu'ils ne dorment pas encore, car je les entends parler dans leur chambre à côté de la mienne.

Je sors de ma chambre en tenant l'œuf à deux mains pour ne pas le laisser tomber. Une fois arrivé à la chambre de mes parents, j'en frappe la porte du coude.

— C'est moi, dis-je.

— Qu'est-ce que tu veux, David ? demande mon père d'un ton exaspéré. La journée a été longue, et nous sommes tous très fatigués.

J'entrouvre la porte.

— Je voudrais vous montrer cet œuf que j'ai trouvé, expliqué-je.

— Ah non ! Pas encore un œuf ! s'exclament mes parents en chœur.

— Je crois que nous avons assez vu d'œufs pour aujourd'hui, soupire ma mère.

— Ce n'est pas un œuf comme les autres, insisté-je. Je n'arrive pas à le reconnaître, et...

— Va te coucher, m'interrompt mon père.

— Fais-nous plaisir, ajoute ma mère. Ne nous parle plus jamais d'œufs.

— Mais ça ne prendra qu'une minute, protesté-je, les yeux fixés sur ma découverte. Je voudrais seulement...

— Si cet œuf t'intéresse tant, gronde mon père, pourquoi ne vas-tu pas le couver pour le faire éclore ?

— Claude, ce n'est pas une façon de parler à ton fils, le réprimande ma mère.

— À douze ans, il est assez vieux pour savoir que je plaisante, proteste mon père.

Ma mère et lui se mettent alors à se disputer sur la manière de me parler.

— Bonne nuit, marmonné-je avant de me retirer discrètement.

Inutile de me faire un dessin.

Je sens l'œuf palpiter dans ma main. Il me prend une envie soudaine de le briser pour voir ce qu'il contient, mais je ne ferais évidemment jamais une chose pareille.

Je voudrais tellement faire voir mon étrange découverte à quelqu'un. En désespoir de cause, je vais frapper à la porte de la chambre de Virginie.

Pas de réponse.

Comme ma sœur a le sommeil profond, je frappe encore une fois mais avec un peu plus de force. Toujours aucune réponse.

Au moment où je lève la main pour frapper une troisième fois, la porte s'ouvre à la volée.

— Qu'est-ce qui se passe? demande Virginie qui bâille sans retenue. Pourquoi est-ce que tu m'as réveillée?

— Je veux te montrer cet œuf que j'ai trouvé, expliqué-je.

Ma sœur plisse les yeux.

— Tu veux rire? Après ce qui est arrivé cet après-midi? Après la pire fête d'anniversaire de tous les temps, tu veux me montrer un œuf?

— Oui, regarde, dis-je.

Je lève la main pour lui faire voir ma découverte, mais elle me claque la porte au visage.

— Alors tu ne veux pas le voir?

Pas de réponse.

Bon, elle non plus n'a pas besoin de me faire un dessin.

Tournant les talons, je retourne dans ma chambre et dépose l'œuf dans mon tiroir. Après avoir refermé celui-ci, je me glisse de nouveau sous les couvertures.

Boum, boum, boum.

J'entends toujours ces battements réguliers au moment où le sommeil s'empare de moi.

7

Un craquement me tire du sommeil au matin. Encore à moitié endormi, je me redresse sur un coude tout en clignant des yeux. Virginie s'amuse sans doute encore à faire craquer ses doigts. C'est l'un de ses talents cachés. Elle adore faire craquer ses doigts lorsqu'il n'y a aucun adulte à proximité pour la gronder.

Un autre craquement se fait entendre, et je suis aussitôt pleinement réveillé. La commode. Ces bruits proviennent de ma commode.

J'entends un long bruit semblable à celui d'une fermeture velcro qu'on ouvre, puis d'autres craquements. L'œuf. Il n'y a pas d'autre explication.

Mon cœur se met à battre la chamade. Je sors rapidement du lit, ramasse mes lunettes et les perche sur mon nez. Les pieds empêtrés dans mes couvertures, je passe près de m'affaler sur le plancher. Sitôt libéré, je me précipite vers ma commode.

L'œuf est en train d'éclore, et je ne veux rien manquer du spectacle.

J'ouvre le tiroir avec une telle hâte que je l'arrache presque de la commode. Reprenant mon équilibre, je pose les mains sur le dessus de la commode et baisse les yeux pour observer l'œuf.

Crac.

Une longue fissure en zigzag se dessine à la surface de l'œuf. J'entends un grondement sourd qui provient de l'intérieur de l'œuf, le grondement d'un animal qui déploie toute son énergie pour se libérer de sa coquille.

Est-ce qu'une tortue ferait ce genre de bruit? J'en doute. Peut-être s'agit-il plutôt d'un oiseau exotique comme un perroquet ou un flamant? Mais comment un œuf d'oiseau exotique aurait-il abouti dans ma cour? Bonne question. Comment pareil œuf, peu importe ce qu'il contient, s'est-il retrouvé dans ma cour?

Je me frotte les yeux, puis me remets à observer l'œuf, qui remue désormais en tous sens. Chaque grondement s'accompagne d'un mouvement de l'œuf. Les veines qui le couvrent palpitent. Une nouvelle fissure apparaît sur le devant de la coquille, et un épais liquide jaune s'en échappe pour couler sur mes chaussettes.

— Pouah! fais-je avec dégoût.

L'œuf sursaute et tremble chaque fois que fuse un grondement. Ses veines palpitent. Les fissures qui zigzaguent à sa surface se font plus nombreuses et s'élargissent, laissant échapper le même liquide visqueux.

Soudain, un gros morceau de la coquille se détache et tombe au fond du tiroir. Je me penche pour regarder à l'intérieur de l'œuf. Impossible de distinguer autre chose qu'une masse liquide jaune.

Un autre grondement se fait entendre, et la coquille se brise, libérant un torrent liquide. Je retiens mon souffle tandis qu'une étrange créature, jaune et couverte de bosses, s'extirpe des restes de la coquille. Il ne s'agit pas d'un poussin, car je ne distingue ni tête, ni ailes, ni pattes.

Sous mon regard fasciné, cet étrange animal repousse les derniers vestiges de sa coquille, puis roule sur mes chaussettes. Je n'arrive pas à le croire. On dirait une masse d'œufs brouillés, mais je distingue de minuscules veines sur tout son corps.

La tête se met à me tourner parce que je retiens mon souffle depuis un moment sans m'en apercevoir. J'expire donc lentement tandis que mon cœur bat à tout rompre.

La créature palpite et émet des bruits de succion dégoûtants. Lorsqu'elle se retourne, j'aperçois deux petits yeux noirs presque au sommet de son corps. Deux yeux noirs, sans plus.

— Ce n'est pas un poussin, chuchoté-je d'une voix étranglée.

Mais de quoi s'agit-il?

— Maman! Papa! Venez voir! crié-je.

Il faut qu'ils voient cette créature. C'est la découverte scientifique du siècle.

— Maman! Papa! Dépêchez-vous!

Personne ne me répond. La créature lève les yeux vers moi et me fixe du regard, sans cesser de remuer.

— Maman? Papa?

Toujours aucune réponse. Je me demande quoi faire.

8

Il faut que je montre cette créature à mes parents. Je referme le tiroir avec précaution pour éviter qu'elle ne s'échappe d'un bond. Ceci fait, je me précipite vers l'escalier en criant à pleins poumons. Dans ma hâte, je passe près de tomber en descendant au rez-de-chaussée.

— Maman! Papa! Où êtes-vous passés?

Tout est silencieux. Quelqu'un a sorti l'aspirateur du placard, mais il n'y a personne en vue. Je cours en direction de la cuisine, pensant qu'ils n'ont peut-être pas encore fini de déjeuner.

— Maman? Papa? Virginie?

Je ne trouve personne dans la cuisine. Le soleil inonde la pièce à travers la fenêtre, au-dessus de l'évier à côté duquel sont empilés trois bols à céréales et deux tasses à café: la vaisselle du déjeuner.

Le cœur battant, je me demande où sont passés mes parents et ma sœur. Je n'arrive pas à croire qu'ils sont partis alors que j'ai une chose extraordinaire à leur montrer.

Comme je me retourne pour sortir de la cuisine, j'aperçois un morceau de papier maintenu sur la porte du réfrigérateur par un aimant. J'y reconnais l'écriture de ma mère. Son message se lit comme suit: «Ton père et moi sommes partis conduire Virginie à son cours de piano. Sers-toi un bol de céréales. À bientôt. Maman.»

Un bol de céréales? Comme si je pouvais avoir envie de manger des céréales en ce moment!

Que devrais-je faire?

Le front appuyé contre la porte du réfrigérateur, je tente de réfléchir. Je ne peux pas laisser cette créature enfermée dans un tiroir pendant toute la matinée. Après tout, elle a peut-être besoin d'air frais, d'exercice, de nourriture.

De nourriture? J'avale ma salive avec difficulté. De quoi une masse d'œufs brouillés surmontée de deux yeux peut-elle bien se nourrir?

Il faut que je sorte cette créature de la maison, que je la fasse voir à quelqu'un. Anne. Oui, bien sûr! J'aurais dû y penser plus tôt.

Anne possède un chien, et elle sait comment s'y prendre avec les animaux. Elle aura peut-être une idée de ce que je devrais faire avec cette créature.

Je retourne rapidement à ma chambre, où j'enfile le jeans et le chandail que je n'ai pas rangés avant de me coucher hier. Une fois habillé, je m'approche de la commode et en ouvre le tiroir.

Beurk! La créature est toujours là au milieu du liquide gluant qui s'est échappé de son œuf. Son corps palpite, et ses minuscules yeux ronds se lèvent vers moi.

— Je vais t'emmener chez Anne, lui dis-je. Ensemble, on arrivera peut-être à découvrir à quelle espèce tu appartiens.

Il n'y a qu'un problème. Comment vais-je m'y prendre pour transporter cette créature? Hum! Je la contemple tout en me frottant le menton.

Et si je la déposais sur une assiette? Non. Elle risquerait d'en glisser. Et si je l'enfermais dans un bocal? Non. Elle ne pourrait plus respirer. Et si je la mettais dans une boîte? Oui! Voilà la solution!

Je me dirige aussitôt vers ma penderie et en ouvre la porte. Après m'être agenouillé, je commence à fouiller parmi les objets qui l'encombrent. J'ai une méthode bien particulière pour ranger ma chambre: j'entasse tout pêle-mêle dans la penderie. De cette façon, j'ai toujours une chambre bien rangée. Le seul inconvénient est qu'il me faut beaucoup de temps pour trouver quoi que ce soit dans ma penderie, surtout lorsque je cherche quelque chose à mettre.

Cette fois, cependant, la chance me sourit. Au bout de quelques secondes à peine, je trouve une boîte à chaussures vide. M'en emparant, je me remets sur pied, puis repousse diverses choses à l'intérieur de la penderie pour arriver à en refermer la porte.

— Et voilà! m'exclamé-je avec enthousiasme tandis que je me retourne vers l'occupant du tiroir de ma commode. Je vais t'emmener chez Anne dans cette boîte. D'accord?

La créature ne dit rien, mais je ne m'attendais pas à une réponse.

J'enlève le couvercle de la boîte et le dépose sur la

commode. Comment est-ce que je vais pouvoir mettre cette créature dans la boîte? Est-ce que je pourrais tout simplement la prendre dans ma main?

Tenant la boîte d'une main, je tends l'autre vers la créature, mais la retire avant d'y avoir touché. Et si elle me mordait? Non, impossible. Elle n'a pas de bouche. Et si elle me piquait ou je ne sais quoi?

Ma gorge se serre, et ma main se met à trembler. Cette créature est tellement dégoûtante.

«Allons, me dis-je, cesse de te comporter en poule mouillée. Un scientifique doit savoir faire preuve d'audace.»

Oui, un scientifique ne peut pas renoncer à étudier une chose ou une créature quelconque simplement parce qu'elle est dégoûtante.

J'aspire à fond, compte jusqu'à trois, puis avance la main en direction de la créature.

9

Tandis que j'approche ma main, la créature se met à trembler comme une masse de gelée jaune. Je renonce une nouvelle fois à la toucher.

Je ne peux tout simplement pas empoigner cette créature à mains nues. C'est trop dangereux. La créature tremble et palpite toujours. Des bulles humides se forment sur sa peau bosselée.

Est-ce qu'elle a peur de moi? Ou est-ce qu'elle essaie de m'intimider?

Il faut que je trouve quelque chose pour m'en emparer. Me retournant, je balaie la pièce du regard. Mes yeux s'arrêtent sur mon gant de baseball, perché sur la plus haute tablette de ma bibliothèque.

Je pourrais peut-être ramasser la créature avec ce gant, puis la déposer dans la boîte à chaussures. Après avoir parcouru la moitié de la distance qui me sépare de la bibliothèque, j'abandonne cette idée parce que je ne veux pas que mon gant devienne humide et gluant.

Non, ce qu'il me faut, c'est une pelle. Une toute petite pelle ferait l'affaire.

Je reviens donc vers ma commode, où la créature tremble encore comme une feuille. Après avoir refermé le tiroir en me disant que l'obscurité l'aidera peut-être à se calmer, je descends au sous-sol. Mes parents y entreposent tout plein de matériel et d'outils de jardinage. Il ne me faut que quelques minutes pour dénicher un déplantoir et ensuite remonter à ma chambre.

Lorsque j'ouvre le tiroir, la créature tremble toujours.

— Ne t'en fais pas, lui dis-je. Je suis un scientifique ; je ne te ferai pas de mal.

Je n'ai cependant pas l'impression qu'elle comprend le français. Au moment où je plonge le déplantoir dans mon tiroir, les veines vertes qui parcourent le corps de la créature se mettent à battre. La créature sautille sur place tout en ouvrant grands les yeux. Je m'attends presque à la voir exploser ou quelque chose du genre.

— Du calme, du calme, lui murmuré-je.

Après avoir posé doucement le déplantoir à plat à côté de la créature, je le glisse très, très lentement sous elle.

— Et voilà, dis-je au bout d'un moment.

Toujours secouée de tremblements, la créature remue sur la lame du déplantoir. Je la soulève avec précaution tout en tendant ma main libre vers la boîte à chaussures posée sur la commode.

J'approche ensuite la créature de la boîte. Doucement, tout doucement. Nous y sommes presque. C'est alors que la créature émet un grognement sourd qui me rappelle celui d'un chien en colère.

— Hé !

Surpris, je laisse tomber le déplantoir.

— Nooon ! m'exclamé-je en voyant la créature s'écraser sur ma chaussure.

Sans réfléchir, je me penche pour la ramasser. Je la tiens maintenant dans ma main. Mon cœur bat la chamade. Je la tiens dans ma main. Qui sait ce qui va m'arriver.

10

Rien. Il ne m'arrive rien. Ma main ne se détache pas de mon bras. Ma peau ne se couvre pas instantanément de mystérieuses lésions. Mon corps n'est pas secoué de convulsions. Rien.

La créature est douce et chaude au toucher, un peu comme des œufs brouillés coulants. Prenant conscience que je la serre trop fort, je relâche quelque peu mon étreinte. Je dépose la créature dans la boîte à chaussures, sur laquelle je remets ensuite le couvercle.

Après avoir posé la boîte sur le dessus de ma commode, j'examine ma main. Elle est humide et collante au toucher, mais ma peau demeure intacte et elle n'a pas changé de couleur ou quoi que ce soit.

J'entends la créature remuer à l'intérieur de la boîte.

— Ne grogne plus jamais comme ça, lui dis-je. Tu m'as fait peur.

Je m'essuie la main avec une poignée de mouchoirs de papier sans quitter la boîte des yeux. La créature sautille sur place à l'intérieur. De quel genre d'animal peut-il bien s'agir?

Si seulement mes parents étaient à la maison. Je voudrais tellement qu'ils voient ma découverte.

Un coup d'œil au réveil posé sur ma table de chevet m'apprend qu'il n'est que neuf heures. Anne n'est peut-être pas encore réveillée. Le samedi, il lui arrive de dormir toute la matinée. Pourquoi? Je n'en sais trop rien. Anne affirme que la journée passe plus vite lorsqu'elle se lève tard. Ce n'est qu'une de ses idées plutôt bizarres.

Je soulève la boîte à deux mains, surpris par le poids de la créature qui s'y trouve. Après m'être assuré que le couvercle est bien fermé, je descends et sors de la maison avec ma découverte.

À l'extérieur, il fait beau et doux pour la saison. Une brise légère agite les jeunes feuilles des arbres. L'un de nos voisins est déjà occupé à tondre sa pelouse. Près du garage, deux oiseaux se disputent un gros ver de terre.

Je me rends chez Anne et me dirige vers la porte de derrière. Sa mère vient m'ouvrir. Elle m'invite à entrer. Tenant la boîte contre ma poitrine, j'ouvre la porte pour me retrouver dans la cuisine.

Anne est assise à table, vêtue d'un ample chandail bleu et d'un pantalon noir moulant. Ses longs cheveux roux sont attachés en une queue de cheval.

Devine ce qu'elle mange pour déjeuner. Je te le donne en mille. Hé, oui! elle mange des œufs brouillés. Elle m'accueille avec un:

— Salut, David. Quoi de neuf?

— Eh bien...

Madame Gravel s'approche de la cuisinière.

— Est-ce que tu as déjeuné? me demande-t-elle. Je pourrais te préparer des œufs brouillés.

Mon estomac se soulève.

— Euh, non, je n'y tiens pas, dis-je après avoir avalé ma salive avec difficulté.

— J'ai des œufs frais, insiste madame Gravel. Je peux te les servir frits si tu préfères.

— Non merci, refusé-je d'une toute petite voix.

Je sens la créature remuer à l'intérieur de la boîte.

— J'aimerais bien en avoir encore, déclare Anne avant d'avaler une autre bouchée. Ces œufs sont vraiment délicieux.

— Je crois bien que je vais m'en faire cuire un, décide sa mère.

Les entendre ainsi parler d'œufs me donne la nausée.

Anne vide son verre de jus d'orange.

— Hé! qu'est-ce que tu as dans cette boîte? me demande-t-elle ensuite. Une nouvelle paire de chaussures de sport?

— Euh... non, lui dis-je. Je vais te montrer. Tu n'en reviendras pas.

Impatient de lui faire voir ma découverte, je m'avance vers elle en tenant la boîte à deux mains devant moi. Et une fois encore, je bute contre Boule. Ce gros chien stupide est toujours dans les jambes.

Perdant l'équilibre, je bascule, la boîte m'échappe des mains et vole à travers la pièce. J'atterris lourdement sur Boule. Sans perdre une seconde, je me remets péniblement sur pied.

Le couvercle s'étant séparé de la boîte, la créature

est projetée hors de celle-ci et va s'écraser sur l'assiette posée devant Anne.

Mon amie prend aussitôt une expression de dégoût.

— Pouah! Des œufs pourris, déclare-t-elle. C'est dégueu.

— Non, ce truc est vivant, protesté-je.

Personne ne semble m'avoir entendu. Au moment où j'ouvre la bouche pour expliquer, Boule saute sur moi et réussit presque à me faire tomber de nouveau.

— Boule, non. Couché, gronde madame Gravel. Couché.

— Débarrassez-moi de ça, demande Anne en poussant son assiette vers l'autre extrémité de la table.

Sa mère en examine le contenu, puis se tourne vers moi, visiblement irritée.

— David, comment as-tu pu faire une chose pareille? Ça n'a rien de drôle.

— Tu as gâché mon déjeuner, s'exclame Anne avec colère.

— Non, attendez…

Trop tard. Madame Gravel s'est déjà emparée de l'assiette. S'étant approchée de l'évier, elle actionne le compacteur et s'apprête à y jeter la créature.

11

— Nooon! m'écrié-je en m'élançant vers l'évier.

J'y plonge la main et en retire la créature. Non. Ce n'est qu'une poignée d'œufs brouillés. La créature est toujours au fond de l'évier. Elle tourne autour de l'ouverture du compacteur en s'en approchant de plus en plus. Je laisse tomber la poignée d'œufs brouillés et m'empare de la créature avant que le tourbillon ne l'entraîne à l'intérieur du compacteur.

Son corps couvert de bosses est chaud au toucher, et je sens battre ses veines. En fait, la créature même palpite à la manière d'un cœur emballé.

J'approche la créature de mon visage pour l'examiner. Elle n'a rien.

— Je viens de te sauver la vie, lui dis-je. Ouf! Il s'en est fallu de peu.

Posée en équilibre sur la paume de ma main, la créature frissonne. Des bulles humides glissent le long de ses flancs. Ses yeux noirs me regardent fixement.

— C'est quoi ce truc? demande Anne en se levant

de table pour ensuite replacer sa queue de cheval. Une marionnette que tu as fabriquée avec une vieille chaussette ou je ne sais quoi?

Avant que je puisse répondre, madame Gravel me donne une légère poussée en direction de la porte.

— Sors cette affreuse chose d'ici, m'ordonne-t-elle. Il en dégoutte quelque chose de gluant qui salit mon plancher.

— Je... je l'ai trouvée dans la cour, dis-je. Je ne sais pas exactement ce que c'est, mais...

— Débarrasse-moi de cette chose, insiste la mère d'Anne tout en m'ouvrant la porte. Je ne veux pas être obligée de laver tout mon plancher.

N'ayant pas le choix, je sors de la maison. La créature semble maintenant un peu plus calme. À tout le moins, elle ne tremble plus autant.

Anne me suit à l'extérieur. La peau de la créature luit au soleil. J'ai les mains humides et gluantes. Je ne voudrais pas serrer la créature trop fort, mais je ne souhaite pas non plus la laisser tomber.

— Est-ce que c'est une marionnette? demande Anne en se penchant pour l'examiner de plus près. Pouah! Ce truc est vivant?

Je fais oui de la tête.

— J'ignore ce que c'est au juste, mais il n'y a pas de doute que ce truc est vivant. Je l'ai trouvé hier pendant la fête d'anniversaire de Virginie.

Anne continue à l'examiner avec intérêt.

— Tu l'as trouvé? Où?

— J'ai trouvé un œuf pas très loin du ruisseau. Il avait une apparence vraiment bizarre. Je l'ai rapporté à la maison, et ce matin, il a éclos. Ce... cette créature en est sortie.

— Mais qu'est-ce que c'est? s'interroge Anne en avançant la main pour toucher ma découverte d'un doigt hésitant. Pouah!

— Ce n'est pas un poulet, déclaré-je.

Anne roule les yeux.

— Nooon! s'exclame-t-elle. Tu as découvert ça tout seul?

— Je croyais avoir peut-être trouvé un œuf de tortue, ajouté-je sans prêter attention à sa remarque sarcastique.

— Quoi? Tu penses que c'est une tortue sans sa carapace? demande Anne en y regardant de plus près. Est-ce qu'une tortue peut éclore sans carapace?

— Je ne le crois pas, non.

— C'est peut-être une sorte d'accident de la nature, suggère Anne. Comme toi.

Ha, ha! Elle a vraiment un très grand sens de l'humour.

Anne enfonce encore une fois son doigt dans le flanc de la créature, qui laisse échapper un léger sifflement.

— Tu as peut-être découvert une nouvelle espèce, déclare-t-elle, une sorte d'animal encore inconnue.

— Peut-être, dis-je, tout heureux à cette idée.

— Imagine un peu. Une nouvelle espèce qui porterait ton nom. Le *Davidodus stupidus*.

Mon amie se met à rire.

— Je peux me passer de tes commentaires, répliqué-je d'un ton sec.

Une idée me vient tout à coup à l'esprit.

— Je sais ce que je vais faire avec cette créature, affirmé-je. Je vais l'amener à ce petit laboratoire pas très loin d'ici.

— Quel laboratoire? demande Anne.

— Tu sais bien, dis-je avec impatience. Celui qui se trouve dans la rue Laurier, à trois pâtés de maisons d'ici.

— Désolée. Ce n'est pas le genre d'endroit que je fréquente, affirme Anne.

— Moi non plus, l'assuré-je, mais j'ai passé devant ce laboratoire des milliers de fois en me rendant à l'école. Quelqu'un là-bas devrait pouvoir me dire ce qu'est cette créature.

— Ne compte pas sur moi pour t'accompagner, déclare Anne en croisant les bras. J'ai mieux à faire.

— Je ne t'ai pas invitée que je sache, répliqué-je avec un regard mauvais qu'elle me rend aussitôt.

Je crois qu'elle est jalouse de ma découverte.

— Sois gentille, lui demandé-je. Va chercher la boîte que j'ai laissée chez toi dans la cuisine. Je vais prendre ma bicyclette et me rendre là-bas immédiatement.

Anne disparaît à l'intérieur de la maison pour en ressortir quelques instants plus tard avec ma boîte à chaussures.

— Les parois à l'intérieur sont toutes collantes, dit-elle en faisant la grimace. Ce truc, peu importe ce que c'est, transpire beaucoup.

— Il a peut-être eu peur en te voyant, déclaré-je.

C'est à mon tour de rire. Il m'arrive rarement de faire de l'humour, mais il me semble que cette plaisanterie est plutôt réussie.

Anne n'y prête pas attention. Elle m'observe pendant que je dépose la créature dans la boîte, puis lève les yeux pour plonger son regard dans le mien.

— Tu es sûr que ce n'est pas un jouet à remontoir? Allons, avoue. Tu essaies tout simplement de me jouer un tour.

— Non. Je te jure que c'est sérieux, lui affirmé-je. Je passerai te voir plus tard pour te raconter ce que j'aurai appris au laboratoire.

Je place le couvercle sur la boîte, puis m'éloigne rapidement en direction du garage pour en sortir ma bicyclette. J'ai bien hâte de savoir ce que les gens du laboratoire vont dire de ma découverte.

12

— Attention!

Je viens à peine d'enfourcher ma bicyclette et de prendre mon élan lorsque le stupide chien berger d'Anne se précipite vers moi. Je freine aussitôt. Les pneus de ma bicyclette crissent, et la boîte à chaussures posée sur le guidon passe près d'en glisser.

— Boule, espèce d'idiot! crié-je.

Le chien d'Anne s'éloigne à travers la cour. Il rit probablement dans sa barbe. J'ai l'impression qu'il prend un malin plaisir à essayer de me faire trébucher chaque fois qu'il me voit.

Lorsque les battements de mon cœur ont enfin repris un rythme normal, je me remets en route, une main sur le guidon et l'autre sur la boîte contenant ma découverte.

Les scientifiques qui travaillent au laboratoire sauront sûrement de quoi il s'agit. Sinon, qui pourrait le savoir?

J'ai l'habitude de dévaler la rue à toute allure. Ce matin, toutefois, je roule lentement et j'arrête à cha-

que intersection pour vérifier que la voie est déga-
gée. Je tente aussi d'éviter le plus possible les nids-
de-poule, mais ce n'est pas facile étant donné l'état
de la chaussée. Chaque cahot fait bouger la créature
à l'intérieur de la boîte. J'espère seulement qu'elle
ne va pas en sortir.

Imagine un peu qu'elle soit projetée hors de la
boîte, qu'elle atterrisse au beau milieu de la rue et
qu'elle se fasse écraser par une voiture !

Je m'arrête pour mieux placer la boîte sur le guidon de ma bicyclette, puis je repars en pédalant avec
lenteur. Lorsque je passe devant le parc tout près, j'y
aperçois quelques jeunes de mon école qui jouent à
la balle molle. Ils m'appellent, sans doute pour que
je me joigne à eux.

Je n'ai pas le temps de jouer à la balle molle, alors
je fais semblant de ne pas les entendre. Sans même
tourner la tête dans leur direction, je poursuis mon
chemin.

Lorsque je tourne au coin de la rue Laurier, un
autobus passe devant moi. Le déplacement d'air
qu'il crée me fait presque tomber. Tandis que je sta-
bilise ma bicyclette, j'aperçois le couvercle de la boîte
qui se soulève. La créature essaie de s'échapper.

Je m'empare de la boîte et tente d'en remettre le
couvercle en place. Le laboratoire n'est plus qu'à un
pâté de maisons. Je me mets à pédaler plus vite. La
créature essaie de soulever le couvercle. Je le pousse
en sens contraire.

Je ne veux pas écraser la créature, mais il n'est
pas question que je la laisse s'échapper. Je la sens
qui bondit à l'intérieur de la boîte et pousse contre le

couvercle. La main appuyée sur celui-ci, je tente de le maintenir en place.

Une familiale remplie d'enfants me dépasse. L'un de ses occupants me crie quelque chose que je ne saisis pas vraiment. Je concentre toute mon attention sur la boîte. Je ne veux pas que la créature s'en échappe.

Sans m'en apercevoir, j'oublie de faire un arrêt obligatoire. Heureusement, il n'y a aucun véhicule automobile à proximité.

Le laboratoire apparaît enfin au coin de la rue. Il s'agit d'un bâtiment blanc à un seul étage construit tout en longueur. Une rangée de petites fenêtres carrées en décorent la façade. On dirait presque un très long wagon de passagers.

J'escalade le rebord du trottoir pour aller m'immobiliser sur la pelouse devant le laboratoire. Saisissant la boîte à deux mains, je saute de ma bicyclette, qui se renverse sur le côté. Sans lâcher mon précieux colis, je traverse la pelouse à la course en direction de l'entrée du laboratoire.

Il y a une sonnette tout contre la porte à double battant qui donne accès à l'intérieur. Je l'enfonce du doigt, encore et encore. N'obtenant pas de réponse, je saisis la poignée et tente d'ouvrir la porte en la poussant puis en la tirant. Rien à faire. Elle est verrouillée.

Je la martèle du poing pendant un moment avant de sonner une nouvelle fois. Pourquoi n'y a-t-il personne?

Comme je m'apprête à frapper de nouveau, une petite affiche rédigée à la main attire mon attention: «FERMÉ LE SAMEDI ET LE DIMANCHE».

Zut.

13

Déçu, je pousse un long soupir et glisse la boîte sous mon bras. Qu'est-ce que je vais bien pouvoir faire de cette créature? Je secoue la tête avec tristesse, puis tourne les talons pour m'en aller.

Je ne suis plus qu'à quelques pas de ma bicyclette lorsque j'entends la porte s'ouvrir derrière moi. Me retournant, j'aperçois un homme d'un certain âge, qui porte une longue blouse blanche de laboratoire par-dessus ses vêtements. Une raie partage sa chevelure blanche en deux. Son visage, pâle et ridé, s'orne d'une moustache poivre et sel.

Je sens son regard se poser sur moi. Un sourire fait apparaître des pattes-d'oie à l'angle de ses yeux bleu pâle.

— Je peux t'aider? me demande-t-il.

— Euh... oui, dis-je avec hésitation pour ensuite revenir sur mes pas, ma boîte levée devant moi.

Je sens la créature remuer à l'intérieur.

— Qu'est-ce que c'est? Un oiseau malade? m'interroge l'homme. Alors je regrette, mais je ne peux pas t'aider. C'est un laboratoire de recherches, ici, et je ne suis pas vétérinaire.

— Ce n'est pas un oiseau, dis-je en m'arrêtant devant lui.

Mon cœur se met à battre plus vite. Je me sens tout à coup nerveux. Sans doute parce que je suis en présence d'un vrai chercheur. J'ai tellement de respect et d'admiration pour les hommes et les femmes de science. Et puis on va enfin pouvoir me dire ce qu'est cette créature et ce que je devrais en faire.

L'homme m'adresse un autre sourire bienveillant, qui m'aide à retrouver quelque peu mon calme.

— Si ce n'est pas un oiseau, qu'est-ce que c'est? me demande-t-il d'une voix douce.

— J'espérais que vous pourriez me le dire, répliqué-je en lui tendant la boîte, qu'il ne prend cependant pas. C'est quelque chose que j'ai trouvé. Ou plutôt, j'ai trouvé un œuf dans ma cour.

— Un œuf? Quel genre d'œuf?

— Je l'ignore, dis-je. Il était très gros et couvert de veines, et puis on aurait dit qu'il respirait.

L'homme me dévisage un moment.

— Un œuf qui donnait l'impression de respirer.

— Oui. Je l'ai mis dans un des tiroirs de ma commode, et ce matin, il a éclos et...

— Entre, m'ordonne l'homme.

Son expression a changé. Une intense lueur d'intérêt brille dans ses yeux. Posant la main sur mon épaule, il m'entraîne à l'intérieur.

Je cligne des yeux pour m'habituer au faible éclairage ambiant. Nous sommes dans une pièce aux murs blancs. Manifestement une salle d'attente. J'aperçois en effet un bureau, des chaises et une table basse sur laquelle traînent quelques revues scientifiques. Tout est d'une propreté immaculée. Une abondance de chrome, de verre et de cuir blanc donne au décor une allure très moderne.

L'homme caresse distraitement sa moustache, les yeux fixés sur la boîte que je tiens toujours.

— Je suis le docteur Grandpré. C'est moi qui dirige ce laboratoire.

Je transfère la boîte sous mon bras gauche afin de pouvoir lui serrer la main.

— Je voudrais bien devenir chercheur plus tard, lui avoué-je.

Aussitôt, je sens mon visage s'empourprer.

— Comment t'appelles-tu ? me demande le docteur Grandpré.

— David Johnson. J'habite pas très loin d'ici sur l'avenue des Érables.

— Enchanté de faire ta connaissance, déclare le docteur Grandpré avant de se retourner vers la porte d'entrée pour la verrouiller.

Un frisson de peur me parcourt. Pourquoi a-t-il fait ça ? Je me rappelle soudain que le laboratoire n'est pas ouvert aujourd'hui. C'est sans doute pour ça qu'il a verrouillé la porte.

— Suis-moi, m'invite le docteur Grandpré en s'éloignant le long d'un étroit couloir.

Je le suis jusqu'à un petit laboratoire où se trouve une longue table chargée d'éprouvettes, de bocaux et d'instruments électroniques.

— Dépose ta boîte là, me commande le docteur

Grandpré en pointant du doigt un coin dégagé de la table.

Sitôt que je pose la boîte à l'endroit indiqué, il tend la main vers elle.

— Tu as trouvé ça dans ta cour?

— Oui, dis-je. Tout près du ruisseau.

Le docteur Grandpré soulève le couvercle de la boîte avec précaution.

— Ça alors! siffle-t-il entre ses dents.

14

Appuyée contre la paroi de la boîte, la créature nous regarde en tremblant. Des bulles apparaissent sur ses flancs. Un liquide jaune visqueux couvre en partie le fond de la boîte.

— Tu as donc trouvé une de ces créatures, murmure le docteur Grandpré en inclinant la boîte, ce qui fait glisser la créature à l'autre extrémité.

— J'en ai trouvé une? répété-je, intrigué. Vous voulez dire que vous savez ce que c'est?

— Je pensais les avoir toutes trouvées, ajoute le docteur Grandpré avant de se retourner vers moi. Mais il en restait visiblement une en liberté.

— De quelle sorte d'animal s'agit-il?

Le docteur Grandpré hausse les épaules. Il incline la boîte en direction inverse, faisant de nouveau glisser la créature, puis il avance le doigt pour lui tâter le dos.

— C'est un jeune, déclare-t-il d'une voix douce.

— Un jeune quoi? demandé-je avec impatience.

— Ces œufs se sont abattus sur notre ville, et notre ville seulement, comme une pluie de météorites.

— Pardon? m'écrié-je. Vous voulez dire qu'ils sont tombés du ciel?

J'ai soif de savoir, mais tout ça n'a pas de sens. Le docteur Grandpré se tourne vers moi et pose la main sur mon épaule.

— Nous croyons que ces œufs proviennent de la planète Mars. Il y a deux ans, une énorme tempête s'est produite sur Mars, déclenchant ce qui ressemblait à une pluie de météorites. Elle a sans doute projeté ces œufs à travers l'espace.

Bouche bée, je contemple la créature jaune qui tremble au fond de la boîte.

— C'est... c'est un martien? balbutié-je.

Le docteur Grandpré sourit de ma réaction.

— Nous croyons en effet que ces œufs ont atteint la Terre après avoir voyagé à travers l'espace pendant deux ans.

— Mais... mais... bégayé-je, le cœur battant et les mains glacées.

Cette créature est-elle vraiment originaire de la planète Mars? Se pourrait-il que j'aie touché un martien?

Une idée encore plus bizarre me traverse l'esprit: j'ai trouvé cette créature dans ma cour. Est-ce que je dois en déduire qu'elle m'appartient? Que je suis propriétaire d'un martien?

Le docteur Grandpré fait sauter la créature — ma créature — au fond de la boîte.

— Nous ignorons comment ces œufs ont pu tra-

verser l'atmosphère terrestre sans dommage, déclare-t-il.

— Vous voulez dire qu'ils auraient dû se désinté-
grer ? demandé-je.

— Oui. C'est ce qui se produit la plupart du
temps lorsqu'un objet venu de l'espace traverse
notre atmosphère. Ces œufs, toutefois, semblent très
solides, suffisamment pour ne pas avoir été détruits.

La créature émet une sorte de gargouillis et
s'affale contre la paroi de la boîte avec un bruit de
succion.

— Ce jeune est plutôt mignon, fait en souriant le
docteur Grandpré.

— Vous en avez beaucoup d'autres ? m'enquiers-je.

— Viens. Je vais te montrer quelque chose.

Tenant la boîte devant lui, le docteur Grandpré
m'entraîne de l'autre côté d'une énorme porte métallique. Cette porte se referme derrière nous avec
bruit. Je vois s'étirer devant moi un long couloir
étroit, aux murs blancs, sur lequel débouchent plusieurs portes. La blouse de laboratoire du docteur
Grandpré lui bat les mollets à chaque pas. Nous
nous arrêtons au fond du couloir, devant une grande
baie vitrée.

— Regarde, me dit le docteur d'une voix douce.

J'obéis, plissant les yeux pour mieux voir. Il se
moque de moi ou quoi ?

— Je... je ne vois absolument rien ! m'exclamé-je.

15

— Attends une seconde. J'ai oublié quelque chose, avoue le docteur en s'approchant du mur pour actionner un interrupteur.

Une lumière s'allume au-dessus de nos têtes, et je peux enfin distinguer ce qui se trouve de l'autre côté de la baie vitrée.

— Ouah! fais-je à la vue d'une vaste pièce remplie de créatures semblables à la mienne.

Il y en a des dizaines, serrées les unes contre les autres sur les carreaux du plancher. On dirait des masses de pâte jaune sur une tôle à pâtisserie. Des dizaines de petits yeux noirs nous regardent fixement. Je n'arrive pas à y croire!

Tandis que je les observe avec étonnement, je ne peux m'empêcher de songer à des animaux en peluche. Ces créatures sont toutefois bien vivantes. Elles remuent et tremblent en sécrétant toutes la même substance visqueuse qui s'écoule en formant des bulles à la surface de leur corps.

— Aimerais-tu les voir de plus près? me demande le docteur Grandpré.

Sans attendre ma réponse, il tire de sa poche une télécommande dont il enfonce l'un des boutons. Aussitôt, la porte de la pièce s'entrouvre. Après l'avoir repoussée de l'épaule, le docteur Grandpré m'entraîne à l'intérieur.

Je ne peux retenir une exclamation de surprise en sentant sur moi une bouffée d'air glacé.

— On gèle ici !

— Nous maintenons une très basse température dans cette pièce parce que le froid semble garder ces créatures plus éveillées, m'explique le docteur Grandpré avec un sourire. Une fois sorties de l'œuf, ces créatures n'aiment pas la chaleur. Si la température devient trop élevée, elles fondent. (Il s'interrompt un instant pour poser la boîte sur le plancher.) Et si nous les laissons fondre, nous ne pourrons plus les étudier.

Se penchant au-dessus de la boîte, il en sort ma créature avec précaution, puis la dépose contre trois ou quatre autres qui se mettent alors à sautiller avec agitation. Après avoir ramassé la boîte, le docteur Grandpré se redresse.

— Nous ne voulons pas que tu fondes, ajoute-t-il en s'adressant au nouvel arrivant. Nous voulons que tu sois éveillé et à ton aise. C'est pour ça que nous réfrigérons cette pièce au maximum.

Je frissonne et me frotte les bras. Est-ce l'émotion ou le froid qui me donne la chair de poule ? J'aimerais bien être habillé plus chaudement.

Impossible de détacher mon regard des créatures qui nous entourent. Des créatures venues directement de la planète Mars. Ouah !

Je les contemple toujours lorsqu'elles se mettent

à avancer vers nous avec une rapidité surprenante. Elles approchent peu à peu en roulant sur elles-mêmes et en laissant derrière elles une traînée jaune et gluante.

Des dizaines de questions me viennent à l'esprit.

— Est-ce qu'elles ont un cerveau? demandé-je au directeur du laboratoire. Est-ce qu'elles sont intelligentes? Est-ce qu'elles peuvent communiquer? Avez-vous essayé de leur parler? Est-ce qu'elles communiquent entre elles? Comment peuvent-elles respirer dans notre atmosphère?

Le docteur Grandpré glousse.

— Je vois que tu as un esprit scientifique, me déclare-t-il. Pose-moi une question à la fois. À laquelle veux-tu que je réponde tout d'abord?

— Eh bien...

Je m'interromps en prenant conscience que les créatures nous ont rapidement encerclés pendant que nous parlions. Me retournant, je découvre qu'elles nous ont coupé la retraite. Et voilà qu'elles se rapprochent encore de tous les côtés. Que veulent-elles faire?

16

Pris de panique, je me retourne vers le docteur Grandpré et m'étonne aussitôt de le voir sourire.

— Elles… elles nous ont pris au piège, bégayé-je.

Le docteur Grandpré secoue la tête.

— Non. Il leur arrive de se déplacer comme ça, mais il n'y a aucune raison d'avoir peur. Elles sont inoffensives.

— Inoffensives ? répété-je d'une voix haut perchée. Mais… mais…

— Que pourraient-elles nous faire ? ajoute le docteur Grandpré en posant une main réconfortante sur mon épaule. Elles ne semblent pas avoir de bouche, alors comment pourraient-elles nous mordre ? Et nous n'avons pas à craindre qu'elles se saisissent de nous ou qu'elles nous frappent du poing ou du pied, puisqu'elles n'ont ni bras ni jambes.

Les créatures resserrent le cercle qu'elles ont formé autour de nous. Je les regarde, la gorge toujours serrée et les jambes molles. Le docteur Grandpré a raison, mais pourquoi agissent-elles ainsi ?

Pourquoi nous ont-elles entourés, et pourquoi se rapprochent-elles encore?

— Il leur arrive aussi de former un triangle, un rectangle ou un carré, m'apprend le docteur Grandpré. On dirait qu'elles tentent de reproduire différentes formes qu'elles ont vues. C'est peut-être une façon d'essayer de communiquer avec nous.

— Peut-être...

J'aimerais bien que ces créatures s'écartent. Il ne s'agit après tout que de petites masses gluantes, mais elles me donnent la chair de poule. Un frisson me parcourt, et je vois mon haleine dans l'air. Il fait tellement froid que mes lunettes commencent à s'embuer.

Baissant les yeux, je regarde la créature que j'ai amenée au laboratoire. Elle fait partie du cercle et sautille avec les autres.

Le docteur Grandpré pivote en direction de la porte. Je lui emboîte aussitôt le pas avec l'envie de sortir en toute hâte de cet endroit glacial.

— Merci d'avoir apporté cette créature, déclare le docteur Grandpré. Je croyais bien les avoir toutes ramassées. Quelle surprise de découvrir que ce n'était pas le cas. Tu dis l'avoir trouvée dans ta cour alors qu'elle était encore dans son œuf?

— Oui, fais-je en claquant des dents sous l'effet du froid. Est-ce que ça veut dire que cette créature m'appartient?

Le sourire s'efface du visage du docteur Grandpré.

— Je ne pourrais pas te l'affirmer, répond-il. J'ignore ce que dit la loi sur les droits de propriété dans le cas d'une créature extraterrestre, si tant est qu'elle en fait mention.

Je regarde de nouveau ma créature. Ses veines sont gonflées, et tout son corps palpite à un rythme accéléré. Se pourrait-il qu'elle regrette mon départ? Non. C'est une idée stupide.

— J'imagine que vous voulez la garder pendant quelque temps pour l'étudier, dis-je au docteur Grandpré.

Il hoche la tête.

— Oui. Je procède actuellement à tous les examens qui me viennent à l'esprit.

— Est-ce que je peux revenir lui rendre visite? demandé-je.

— Revenir? répète le docteur Grandpré en me dévisageant. Qu'est-ce que tu veux dire par là? Il n'est pas question que tu repartes d'ici.

17

— Quoi ? m'exclamé-je d'une voix étranglée, certain d'avoir mal entendu.

Un violent frisson me parcourt, et je me frotte les bras pour tenter de me réchauffer.

— Est-ce que j'ai bien entendu ? Je ne peux pas repartir ?

— J'en ai bien peur, oui, répond le docteur Grandpré en plongeant son regard dans le mien. Il faut que tu restes ici.

Non ! Il se moque de moi. Il ne peut pas me garder ici contre mon gré. Ce n'est pas légal.

— Mais... pourquoi ? m'enquiers-je d'une voix faible. Pourquoi est-ce que je ne peux pas rentrer à la maison ?

— Il faut que tu comprennes. Nous ne voulons pas que la nouvelle se répande au sujet de ces créatures extraterrestres. Nous ne voulons pas que les gens sachent que nous avons été envahis par des martiens. (Le docteur fait une pause, soupire.) Tu ne voudrais pas être à l'origine d'une panique générale, n'est-ce pas ?

J'ouvre la bouche pour répondre ; mais la peur, l'étonnement et le froid me laissent sans voix. Au bout d'un moment, la colère s'empare de moi.

— Vous devez me laisser partir, insisté-je dans un souffle.

L'expression du docteur Grandpré s'adoucit.

— S'il te plaît, ne me regarde pas comme ça. Je ne cherche pas à t'effrayer et je n'ai aucune envie de te garder ici contre ton gré, mais je n'ai pas d'autre choix. Je suis un scientifique. Je dois faire mon travail.

Tremblant de tous mes membres, je lui lance un regard furieux sans savoir quoi dire. Mes yeux se tournent ensuite vers la porte. Le docteur l'a refermée en entrant, mais sans la verrouiller. Je me demande si je pourrais l'atteindre avant qu'il ne me rattrape.

— Je dois t'étudier, toi aussi, ajoute le docteur Grandpré en enfonçant les mains dans les poches de sa blouse de laboratoire. C'est mon travail.

— M'étudier ? Pourquoi ?

Du doigt, il me montre la créature que j'ai apportée.

— Tu l'as touchée, n'est-ce pas ? Tu l'as tenue dans tes mains ?

Je hausse les épaules.

— Oui, et alors ?

— Nous ignorons quel genre de microbes cette créature a pu te transmettre, explique le docteur Grandpré. Elle et ses semblables sont peut-être porteuses de bactéries ou de maladies qui nous sont totalement inconnues.

— De maladies ? dis-je après avoir péniblement avalé ma salive.

Le docteur lisse sa moustache d'un geste distrait.

— Je ne cherche pas à te faire peur. Tu n'as probablement rien. Après tout, tu te sens bien, n'est-ce pas ?

— Oui, je crois, déclaré-je tout en claquant des dents. Je suis gelé, c'est tout.

— Bon, mais il va falloir te garder ici sous observation pour nous assurer que le contact de cette créature n'a aucun effet nocif sur toi.

Pas question. Je me moque des germes martiens, des maladies que peuvent transmettre ces créatures et même de la science en général. Tout ce qui m'intéresse, c'est sortir d'ici et rentrer à la maison. Je refuse de rester ici pour qu'on puisse m'étudier.

Le docteur Grandpré parle toujours. J'imagine qu'il essaie encore de m'expliquer pourquoi il compte me garder prisonnier ici. Sans plus prêter attention à ses paroles, je me précipite vers la porte. Le cercle formé par les créatures me bloque le passage, mais je l'enjambe d'un bond pour ensuite continuer sur ma lancée.

Haletant et tremblant, j'arrive à la porte. La main posée sur la poignée, je jette un coup d'œil derrière moi. Le docteur Grandpré n'a pas bougé. J'ai dû le prendre par surprise. Tant mieux.

Je tourne la poignée et tire. La porte refuse de bouger. Je tire de nouveau avec plus de force. Rien à faire. Je tente alors de pousser le battant, mais sans plus de résultats.

La voix du docteur Grandpré résonne à mes oreilles.

— Cette porte se verrouille automatiquement, et on ne peut l'ouvrir qu'au moyen d'une télécommande électronique.

Refusant de le croire, je tente encore d'ouvrir la porte en la tirant puis en la poussant. Sans succès. Le docteur ne mentait pas, cette porte est verrouillée électroniquement.

Je laisse échapper un cri de frustration puis me retourne vers le docteur Grandpré.

— Pendant combien de temps faut-il que je reste ici?

— Probablement pendant très, très longtemps, répond-il d'une voix basse et glacée.

18

— Écarte-toi de la porte, m'ordonne le docteur Grandpré, et essaie de reprendre ton calme.

De reprendre mon calme?

— Tu n'as rien à craindre, ajoute-t-il. Nous prenons bien soin de nos sujets d'étude.

Un sujet d'étude?

Je n'ai pas du tout envie de reprendre mon calme, ni d'être traité comme un sujet d'étude.

— Je suis un être humain, pas un sujet d'étude, répliqué-je avec colère.

Le docteur Grandpré ne semble pas m'avoir entendu. Après m'avoir écarté du bras, il sort sa télécommande et en presse un bouton. La porte s'ouvre alors tout juste assez longtemps pour qu'il puisse se faufiler de l'autre côté, puis elle se referme avec un bruit sourd.

Me voilà enfermé dans cet endroit glacial en compagnie de dizaines de martiens. Mon cœur s'emballe, et le sang qui bat à mes tempes me donne l'impression que ma tête va éclater. Jamais je n'ai été aussi en colère de toute ma vie. Je laisse échapper un cri de rage.

Les créatures martiennes se mettent aussitôt à pousser des cris semblables à ceux d'un singe. Étonné, je me tourne dans leur direction. Elles ont beau jacasser à la manière de singes, ces créatures n'en viennent pas moins d'une autre planète. Et je suis enfermé ici tout seul avec elles.

— Nooon! hurlé-je en me jetant contre la baie vitrée pour la marteler de mes poings. Vous ne pouvez m'abandonner ici.

Je voudrais crier, hurler jusqu'à en perdre la voix. Jamais je n'ai ressenti en même temps une peur et une colère aussi grandes.

— Laissez-moi sortir d'ici! hurlé-je. Docteur Grandpré, laissez-moi sortir! Vous ne pouvez pas me garder prisonnier ici.

Je frappe la vitre de toutes mes forces, bien décidé à ne pas renoncer avant de l'avoir brisée. Je pourrai alors sortir de la pièce et m'échapper.

— Laissez-moi sortir! Vous n'avez pas le droit de m'enfermer ici! crié-je sans cesser de marteler la vitre.

Celle-ci est épaisse et solide. Je n'arriverai jamais à la briser.

— Laissez-moi sortir! hurlé-je une dernière fois avant d'abandonner.

Lorsque je tourne enfin le dos à la baie vitrée, les créatures cessent leur tapage. Elles me fixent de leurs yeux ronds et noirs. Plus aucune d'entre elles ne bouge, comme si elles étaient toutes figées sur place.

C'est le sort qui m'attend si je n'arrive pas à me réchauffer. Mes mains sont déjà glacées. Je vais finir par mourir de froid dans cet endroit.

Les créatures martiennes demeurent toujours aussi immobiles. On dirait qu'elles m'étudient, qu'elles tentent de se faire une opinion à mon sujet. Soudain, celle que j'ai apportée brise le silence. Je la reconnais aux veines bleutées qui courent sur sa poitrine.

Pendant qu'elle jacasse avec bruit, les autres se tournent vers elle comme pour l'écouter. Est-ce qu'elle est en train de communiquer avec ses semblables dans une sorte d'étrange langue? Est-ce qu'elle leur parle de moi?

— J'espère que tu leur racontes comment j'ai bien pris soin de toi, lui lancé-je. Et comment je t'ai sauvé la vie en t'empêchant de passer dans le compacteur.

Elle ne peut évidemment rien comprendre. Alors pourquoi est-ce que je crie comme ça? La panique, sans doute.

J'étudie les autres créatures pendant que la mienne continue à jacasser. Toutes l'écoutent en silence. J'entreprends de les compter. Elles sont tellement nombreuses alors que je suis tout seul!

Est-ce qu'elles sont bien intentionnées? Est-ce qu'elles aiment les étrangers? Les humains? Comment se sentent-elles, enfermées dans cette pièce glaciale? Sont-elles même capables de ressentir quoi que ce soit?

Toutes ces questions me traversent l'esprit, mais je n'ai pas vraiment envie d'en connaître la réponse. Je veux simplement sortir d'ici. Comme je m'apprête à tenter une autre fois de briser la vitre, ma créature interrompt son monologue.

Les autres se mettent à se déplacer en silence. Elles se regroupent pour former un large triangle dont le sommet est dirigé vers moi.

19

— Hé! dis-je en faisant un pas en arrière lorsque cette masse triangulaire se met à avancer vers moi en laissant une traînée humide sur le plancher.

Je recule jusqu'à ce que mon dos heurte la baie vitrée. Me voilà pris au piège.

— Qu'est-ce que vous me voulez? crié-je d'une voix étranglée par la panique.

Me retournant, je frappe la vitre du plat de la main, encore et encore.

— Docteur Grandpré! Docteur Grandpré, au secours!

Ces créatures ont-elles l'intention de me passer sur le corps? De m'avaler? À ma grande surprise, elles s'immobilisent à quelques centimètres de moi. Je les regarde pendant qu'elles se trémoussent et pivotent pour reformer un cercle. Toujours sans émettre un son, elles se déplacent encore et créent de nouveau un triangle.

Je les observe tout en frissonnant et en claquant des dents. Elles ne cherchent pas à m'attaquer, mais que font-elles au juste? Pourquoi créent-elles ainsi des formes géométriques? Essaient-elles de communiquer avec moi?

« Calme-toi, me dis-je en prenant une profonde inspiration. Cesse de te comporter comme un gamin effrayé. Tu es un scientifique. Essaie de communiquer avec elles. »

Après avoir réfléchi pendant quelques secondes, je forme un cercle à l'aide de mes pouces et de mes index en levant les mains pour qu'il soit bien visible. J'attends ensuite pour voir si les créatures martiennes vont y réagir. Le triangle qu'elles ont formé occupe presque toute la pièce.

Je les vois lever les yeux vers le cercle que je leur présente. Elles se mettent ensuite à bondir et à rouler pour en former un à leur tour. Se peut-il qu'elles m'imitent? Je redresse pouces et doigts pour obtenir un triangle. Les créatures en forment un à leur tour.

Nous sommes bel et bien en train de communiquer.

L'excitation s'empare soudain de moi. Je suis le premier être humain à communiquer avec ces créatures venues de la planète Mars. Et nous n'avons rien à craindre d'elles. Elles ne nous veulent aucun mal. C'est du moins ce que je crois. Je suis tellement excité d'avoir réussi à communiquer avec ces créatures que je ne peux tout simplement pas leur attribuer des intentions malveillantes.

Le docteur Grandpré n'a pas le droit de les retenir prisonnières ici. Pas plus qu'il n'avait le droit de m'enfermer avec elles.

Je n'ai pas cru un seul instant la raison qu'il m'a

donnée. Il ne s'imaginait tout de même pas me convaincre que je cours un danger simplement parce que j'ai touché l'une de ces créatures? Croit-il vraiment qu'elle aurait pu me transmettre une maladie ou je ne sais quoi?

Ça ne tient pas debout. J'ai tenu l'une de ces créatures dans mes mains, et je me sens parfaitement bien. Ces créatures ne me veulent aucun mal. Le simple fait de les toucher ne présente aucun danger.

«Comporte-toi comme l'homme de science que tu espères un jour devenir, me dis-je. Assure-toi que tu n'as rien.»

Je lève donc mes mains pour les examiner avec soin l'une après l'autre. Elles ont toujours chacune cinq doigts et me paraissent normales. Je ne remarque ni éruption bizarre ni autre lésion.

Je me frotte ensuite les bras. Toujours rien d'anormal. Par acquit de conscience, je décide de continuer mon examen et tâte ma jambe gauche.

— Oh non! gémis-je.

Elle est molle au toucher. Je la serre de nouveau. Elle est molle et pleine de bosses. Je n'ai pas besoin de la regarder pour savoir ce qui se passe.

Je suis en train de me transformer en l'une de ces créatures. Je vais bientôt ressembler moi aussi à un tas d'œufs brouillés.

20

— Non ! Par pitié ! Non !

Je serre ma cheville. Elle est molle au toucher. Inutile de dire que je n'ai aucune envie de baisser les yeux pour voir ce qui m'arrive, mais comment pourrais-je faire autrement ? Je penche donc la tête à contrecœur et découvre que je serre non pas ma jambe mais l'une des créatures martiennes.

Soulagé, je lâche aussitôt prise. Comment ai-je pu croire qu'il s'agissait de ma jambe ? Je secoue la tête tout en regardant la créature s'éloigner rapidement pour rejoindre ses semblables. Même s'il n'y a personne d'autre dans la pièce, je rougis de ma stupidité.

« Calme-toi », me dis-je.

Mais comment ? La température ambiante semble baisser. Je tremble maintenant sans arrêt, et même en serrant les mâchoires, je ne peux empêcher mes dents de claquer. Je me pince le nez. Il est froid et engourdi, tout comme mes oreilles lorsque je les frotte ensuite.

Ma gorge se serre d'inquiétude. Ce n'est pas une plaisanterie. Je vais avoir des engelures. Je vais mourir de froid.

J'essaie de me réchauffer en songeant à une plage en été, puis à un feu qui ronfle dans la cheminée. Rien à faire. Un violent frisson me parcourt des pieds à la tête. Il faut que je fasse quelque chose pour oublier le froid.

Les créatures martiennes se sont dispersées un peu partout à travers la pièce. Je lève les mains pour former un triangle avec mes doigts. Mes compagnes de captivité le regardent sans réagir. Je passe à un cercle. Toujours aucune réaction. Je tente ensuite de former un rectangle, mais je n'y arrive pas. De toute manière, les créatures semblent s'être désintéressées de moi.

Je vais mourir de froid. Je vais mourir de froid. Cette phrase me revient sans cesse à l'esprit comme une litanie. Je m'assis par terre dans un coin de la pièce, et je me tasse sur moi-même dans l'espoir de conserver le peu de chaleur qu'il me reste.

Un bruit de l'autre côté de la baie vitrée me fait sursauter. Quelqu'un vient. Est-ce le docteur Grand-pré? Va-t-on me laisser sortir d'ici?

Je tourne la tête en direction de la porte. Des pas résonnent dans le couloir, suivis d'un bruit métallique. Une fente s'ouvre à gauche de la porte, tout juste au-dessus du plancher. Un plateau chargé de nourriture la traverse. Je m'en approche à la hâte pour découvrir du macaroni au fromage et un berlingot de lait.

— Mais je déteste le macaroni au fromage!

protesté-je sans obtenir de répondre. Je déteste ça!

Voilà que je perds encore mon calme, mais tant pis.

Me penchant, je tends mes mains au-dessus du macaroni pour les réchauffer. Après m'être rassis, je soulève le plateau et le dépose sur moi. J'engouffre ensuite le macaroni simplement parce qu'il est chaud.

Pouah! J'en déteste le goût de fromage, mais à tout le moins ce macaroni me réchauffe-t-il un peu. Je renonce cependant à boire le lait parce qu'il est trop froid.

Me sentant un peu mieux, je repousse le plateau pour ensuite me remettre sur pied. L'idée me vient de recommencer à marteler la vitre.

— Docteur Grandpré, laissez-moi sortir! crié-je. Je sais que vous pouvez m'entendre. Laissez-moi sortir! Vous n'avez pas le droit de m'enfermer ici et de me nourrir de macaroni au fromage! Laissez-moi sortir!

J'appelle ainsi jusqu'à ce que ma voix devienne rauque. Personne ne me répond. Pas un bruit ne se fait entendre de l'autre côté de la baie vitrée. Exaspéré, je renonce et tourne le dos à la vitre.

— Il faut que je trouve un moyen de sortir d'ici, me dis-je à haute voix. Il le faut.

C'est alors qu'une idée me vient.

21

Ce n'est toutefois pas nécessairement une bonne idée. Les gens ont rarement des idées géniales lorsqu'ils sont pris de panique et sur le point de mourir de froid.

Je songe ainsi à appeler chez moi pour demander à mes parents de venir me chercher. Le seul problème est qu'il me faut trouver un téléphone. J'entreprends donc de fouiller la pièce avec soin.

Le mur du fond est couvert de tablettes métalliques sur toute sa hauteur. Je n'y découvre cependant que des ouvrages scientifiques et des dossiers. Il y a aussi un bureau installé dans un coin, mais aucun objet ne s'y trouve. La pièce ne contient rien d'autre, mis à part les créatures martiennes et moi.

Pas de téléphone. Il faut que je trouve une autre idée. Comme l'inspiration me manque, je décide d'essayer la porte une nouvelle fois. Après tout, le docteur Grandpré a peut-être oublié de la verrouiller. Non, cela aurait été trop beau.

J'examine ensuite la fente à travers laquelle est

passé mon plateau de nourriture. Elle n'a que quelques centimètres de hauteur. Impossible de m'y faufiler.

Je suis donc prisonnier, enfermé ici. Découragé, je m'assois par terre, le dos appuyé contre le mur et les genoux repliés sous le menton. Les bras serrés autour de mes jambes, je me pelotonne pour combattre le froid.

Combien de temps le docteur Grandpré a-t-il l'intention de me garder ici? À tout jamais? Je soupire.

Un fait que j'avais oublié me revient soudainement en mémoire et m'apporte un nouvel espoir. Anne. J'ai tout raconté à Anne. Ce matin avant de partir, je lui ai dit que je comptais apporter ma découverte au laboratoire.

On va venir me chercher. Je vais être sauvé.

Je saute sur mes pieds en poussant un cri de joie. Je sais exactement ce qui va se passer.

En ne me voyant pas à l'heure du repas, mes parents vont appeler chez Anne parce que c'est toujours là que je me trouve lorsque je devrais normalement être à la maison. Anne leur expliquera alors que je me suis rendu au laboratoire dans la rue Laurier. Ma mère en viendra à la conclusion que je devrais déjà être rentré. Mon père ajoutera qu'il ferait mieux de venir me chercher. Il se présentera au laboratoire, et je serai sauvé.

Ce n'est qu'une question de temps. Quelques heures encore et mon père viendra me tirer de cette pièce glaciale.

Me sentant beaucoup mieux, je m'assois de nouveau par terre et m'adosse au mur pour attendre.

Les créatures martiennes me regardent. Elles m'observent en silence, sans doute occupées à tenter de me comprendre.

Sans bien m'en rendre compte, je ne tarde pas à m'endormir. C'est probablement l'excitation et la peur qui m'ont épuisé.

J'ignore combien de temps je passe à dormir avant qu'un bruit ne me réveille. Des voix. J'entends des voix quelque part à l'extérieur de la pièce. Reprenant tous mes esprits en un éclair, je me redresse et tends l'oreille.

L'une des voix appartient à mon père. Il est ici. Il ne va pas tarder à me sauver. Je me remets sur pied et m'étire, me préparant à l'accueillir.

La voix du docteur Grandpré me parvient alors.

— Je suis désolé, monsieur Johnson, mais votre fils n'est pas venu ici.

22

— Vous en êtes sûr? demande mon père.

— Tout à fait, répond le docteur Grandpré. Le laboratoire est fermé aujourd'hui. Il n'y a que moi ici, et je n'ai eu aucun visiteur.

— David est à peu près de cette taille, ajoute mon père. Il a les cheveux foncés, et il porte des lunettes.

— Non, je ne l'ai pas vu. Je suis désolé.

— Mais il a dit à une amie qu'il venait ici. Il a trouvé quelque chose qu'il voulait faire voir à un scientifique. Et sa bicyclette n'est pas dans le garage.

— Vérifiez à l'extérieur autour du laboratoire, si vous le désirez, propose le docteur Grandpré, mais je doute que vous y trouviez la bicyclette de votre fils.

Je comprends aussitôt que le docteur a déplacé ma bicyclette. Il l'a cachée pour que personne ne la trouve. Poussant un cri de rage, je cours à la baie vitrée.

— Papa, je suis ici! crié-je à pleins poumons, les mains en porte-voix. Papa, est-ce que tu m'entends? Je suis ici! Papa!

J'inspire profondément et tends l'oreille. Mon cœur bat maintenant avec une force telle que j'entends à peine la voix de mon père et celle du docteur Grandpré. Les deux hommes s'entretiennent toujours d'un ton calme.

— Papa, tu m'entends? hurlé-je. C'est moi, David. Ici, papa! Je suis ici! Viens me chercher!

Ma voix se brise, et j'ai la gorge irritée à force de crier.

— Papa, je t'en prie!

Le souffle court, je colle mon oreille à la vitre pour mieux entendre.

— Tout ça est très étrange, affirme le docteur Grandpré. Votre fils n'est jamais venu ici. Aimeriez-vous faire le tour du laboratoire pour vous en convaincre?

«Dis oui, papa. Dis oui, le supplié-je en silence. Dis-lui que tu aimerais faire le tour du laboratoire. Je t'en prie, papa!»

— Non, ce n'est pas la peine, déclare mon père. Merci tout de même. Je ferais mieux de continuer à le chercher.

Mon père prend congé du docteur Grandpré. J'entends ensuite la porte d'entrée qui s'ouvre puis se referme.

Ça y est. Je n'ai plus aucun espoir de sortir d'ici.

23

— Ce n'est pas possible, murmuré-je pour moi-même. Papa était là, tout près.

Le cœur me manque, et je m'affale par terre. J'aimerais bien disparaître à travers le plancher, m'enfoncer dans le sol et échapper à cet endroit.

J'ai mal à la gorge d'avoir tant crié. Pourquoi mon père ne m'a-t-il pas entendu? Après tout, moi, je pouvais l'entendre. Et comment a-t-il pu croire les mensonges du docteur Grandpré? Pourquoi n'a-t-il pas vérifié lui-même que je n'étais pas ici? S'il avait décidé de faire le tour du laboratoire, il m'aurait aperçu à travers la baie vitrée, et j'aurais été sauvé.

Le docteur Grandpré est un être malfaisant. Il dit ne s'intéresser qu'à la science. Il affirme me garder ici parce qu'il s'inquiète de ma santé, parce qu'il veut s'assurer que je n'ai rien. Cependant, il a menti à mon père, et je suis sûr qu'il ne me dit pas la vérité.

Accroupi sur le plancher, je tremble sous l'effet du froid qui me transperce. Fermant les yeux, je baisse la tête.

Il faut que je reste calme, que je réfléchisse. Je n'y arrive cependant pas. Le froid n'est pas la seule chose qui fait courir des frissons le long de mon échine. Il y a aussi la peur.

Des voix lointaines attirent de nouveau mon attention. Je retiens mon souffle et tends l'oreille.

Mon père serait-il revenu? Ou est-ce que je commence à avoir des hallucinations?

— En y repensant, il vaut mieux que je vérifie que David n'est pas ici, déclare mon père.

À moins que ce ne soit qu'un rêve. Non. J'entends le docteur Grandpré marmonner quelque chose.

— Il lui arrive de s'introduire en douce dans des endroits où il ne devrait pas se trouver, explique ensuite mon père. David s'intéresse tellement aux sciences qu'il est peut-être entré sans que vous vous en aperceviez.

— Bravo, papa! m'exclamé-je.

Chaque fois que je me décourage, quelque chose me redonne espoir.

Je me relève d'un bond et me précipite vers la baie vitrée. Les doigts croisés, je prie pour que mon père passe de l'autre côté et m'aperçoive.

Au bout de quelques secondes, je l'entends à l'autre extrémité du couloir en compagnie du docteur Grandpré. Ce dernier le précède et ouvre une à une les portes qui débouchent sur le couloir. Mon père et lui jettent un coup d'œil à l'intérieur de chaque pièce au passage.

— Papa! appelé-je. Est-ce que tu m'entends? Je suis ici au fond du couloir!

Même en approchant mon visage de la vitre, je

n'arrive pas à me faire entendre. Je frappe la baie vitrée du poing. Mon père continue d'avancer en compagnie du docteur Grandpré. Il ne lève même pas les yeux dans ma direction.

Le visage pressé tout contre la vitre, j'attends qu'ils se rapprochent. Mon cœur bat à tout rompre. J'ai la gorge sèche. Encore quelques secondes et mon père va m'apercevoir en regardant à travers la baie vitrée. Il va alors me faire sortir d'ici. Le docteur Grandpré devra ensuite s'expliquer.

Je les regarde avancer, les mains et le nez collés à la vitre. Le couloir n'est pas éclairé à cette extrémité, mais je les aperçois clairement à l'autre bout.

— Papa! crié-je. Par ici, papa!

Bien qu'il ne puisse pas m'entendre, je ne peux m'empêcher de l'appeler.

Le docteur Grandpré et lui entrent dans une pièce pour en ressortir au bout de quelques secondes. Ils reprennent leur avance tout en s'entretenant à voix basse. Je n'arrive pas à entendre ce qu'ils se disent, mais je vois que mon père a les yeux fixés sur le docteur.

«Regarde par ici, le pressé-je en silence. Je t'en prie. Tourne les yeux vers le fond du couloir et regarde à travers la baie vitrée.»

Mon père et le docteur Grandpré franchissent le seuil d'une autre porte sans cesser leur conversation. De quoi peuvent-ils bien discuter?

Quelques secondes plus tard, je les vois réapparaître dans le couloir. Ils se rapprochent.

«Papa, je t'en prie. Par ici!»

Je me presse contre la vitre, la martèle de mes

poings. Mon père lève enfin la tête. Il tourne les yeux vers la baie vitrée. Son regard se pose sur moi. Je suis sauvé ! Je vais enfin sortir d'ici !

Mon père continue à regarder dans ma direction pendant un moment. Il se tourne ensuite vers le docteur Grandpré.

— Bon, David n'est pas ici, lui déclare-t-il. Je vous remercie de m'avoir laissé jeter un coup d'œil, et je suis désolé de vous avoir fait perdre votre temps.

24

— Je suis ici, papa! hurlé-je. Droit devant toi!

Pourquoi ne me voit-il pas? Est-ce que je serais devenu invisible?

— Je m'excuse encore une fois de vous avoir fait perdre votre temps, dit mon père.

— Bonne chance dans vos recherches, répond le docteur Grandpré. Je suis certain que votre fils ne tardera pas à rentrer. Il est sans doute chez un ami, et il ne se rend pas compte qu'il est tard. Vous savez comment sont les enfants.

— Nooon! gémis-je. Non, papa. Reviens!

Sous mon regard horrifié, mon père fait demi-tour pour s'éloigner en direction de l'autre extrémité du couloir. Je pousse un cri et recommence à marteler la vitre.

— Papa! appelé-je chaque fois que mes poings frappent la baie vitrée. Papa!

Mon père se retourne à mi-chemin de la sortie.

— Qu'est-ce qui fait ce bruit? demande-t-il au docteur Grandpré, qui se retourne lui aussi.

Redoublant d'ardeur, je martèle la vitre en appelant mon père jusqu'à ce que mes mains deviennent trop douloureuses pour continuer.

— Ce sont les conduites d'eau, explique le docteur Grandpré. Elles nous causent beaucoup d'ennuis depuis quelque temps. Un plombier doit d'ailleurs venir lundi.

Mon père hoche la tête et continue à s'éloigner. Une fois qu'ils ont disparu au bout du couloir, je l'entends prendre congé du docteur. Vient ensuite le bruit de la porte d'entrée qui s'ouvre puis se referme.

Cette fois, je le sais, mon père ne reviendra pas. Je reste là sans bouger à regarder le long couloir qui s'étend de l'autre côté de la baie vitrée.

Le docteur Grandpré revient au bout de quelques secondes. Il avance vers moi, et je lis la colère sur son visage. Je suis à sa merci. Que compte-t-il faire de moi?

25

Le docteur s'arrête devant la baie vitrée. Il allume la lumière à cette extrémité du couloir, et j'aperçois alors des gouttes de sueur sur son front. Sourcils froncés, il me fixe de ses yeux bleus au regard désormais froid.

— Bravo, me lance-t-il d'un ton acerbe.

— Hein? Qu'est-ce que vous voulez dire? demandé-je d'une voix étranglée.

Les jambes molles, je tremble non plus de froid mais de terreur.

— Tu as presque réussi à attirer l'attention de ton père, reprend le docteur Grandpré. Je peux te dire que je n'aurais pas beaucoup apprécié parce que cela aurait fait échouer tous mes plans.

J'appuie mes mains à plat sur la vitre et m'efforce de calmer les tremblements qui me secouent.

— Pourquoi est-ce que mon père ne m'a pas vu? m'enquiers-je.

Le docteur Grandpré frotte la baie vitrée de son côté.

— Ceci n'est pas une vitre ordinaire, m'explique-t-il. C'est une sorte de miroir sans tain. Personne ne peut voir à l'intérieur de la pièce à moins que je n'allume cette puissante lumière dans le couloir.

Je laisse échapper un long soupir.

— Vous voulez dire que...

— Ton père n'a rien vu d'autre qu'un rectangle obscur, confirme le docteur Grandpré avec un large sourire de satisfaction. Il a tout simplement cru qu'il regardait à l'intérieur d'une pièce vide. Tu as pensé la même chose jusqu'à ce que j'allume la lumière.

— Et pourquoi ne m'a-t-il pas entendu? demandé-je. J'ai crié jusqu'à en perdre la voix.

Le docteur Grandpré secoue la tête.

— Tu perdais ton temps. La pièce où tu te trouves est entièrement insonorisée. Aucun son ne peut s'en échapper.

— Mais... mais, je vous entendais parler, vous et mon père, protesté-je. Et là, en ce moment, je vous entends et vous m'entendez, vous aussi!

— Oui, grâce à un interphone que je peux activer et désactiver à volonté en utilisant la télécommande qui me permet aussi d'ouvrir la porte.

— Alors je pouvais entendre mon père, mais lui ne pouvait pas m'entendre, murmuré-je.

— Voilà, tu as tout compris, déclare le docteur Grandpré. Tu es intelligent, bien assez pour ne plus rien tenter de stupide.

— Vous devez me laisser sortir d'ici! hurlé-je. Vous ne pouvez pas me retenir contre mon gré!

— Tu te trompes, réplique le docteur d'une voix douce. Je peux te garder ici aussi longtemps qu'il me plaira.

— Mais... mais...

J'ai tellement peur que je ne trouve plus mes mots.

— C'est mon devoir de te garder ici, ajoute le docteur Grandpré le plus calmement du monde.

Il n'attache aucune importance au fait que je suis terrifié et bouleversé. Je prends soudain conscience qu'il ne se soucie absolument pas de moi. Il est sans doute fou, fou et malfaisant.

— C'est mon devoir de te garder ici, répète-t-il. Il faut que je m'assure que cette créature martienne ne t'a fait aucun mal, qu'elle ne t'a laissé aucun germe étrange que tu risquerais de transmettre à d'autres.

— Laissez-moi sortir! hurlé-je.

Envahi par la crainte et la colère, je renonce à discuter avec lui. À vrai dire, je n'arrive même plus à réfléchir clairement.

— Laissez-moi sortir d'ici! Laissez-moi sortir! insisté-je en frappant la vitre de mes mains endolories.

— Repose-toi, David, me commande le docteur Grandpré. Ne te fatigue pas inutilement. Je veux commencer à vérifier ton état de santé dès demain matin, et j'ai beaucoup d'examens à te faire passer.

— Mais... mais... je meurs de froid, balbutié-je. Laissez-moi sortir d'ici. Enfermez-moi au moins dans un endroit plus chaud. Je vous en supplie.

Peine perdue. Le docteur Grandpré éteint la lumière puis me tourne le dos. Je le regarde s'éloigner le long du couloir avant de franchir une porte qu'il referme derrière lui avec bruit.

Debout devant la baie vitrée, je tremble, le cœur battant. Le froid me transperce, et j'ai peur, si peur.

Ma situation est déjà tellement désespérée qu'elle ne peut guère empirer. C'est du moins ce que je crois.

26

Tout occupé à essayer d'attirer l'attention de mon père, j'en ai presque oublié les créatures martiennes. Me détournant de la baie vitrée, je les aperçois, éparpillées à travers la pièce.

Elles sont toujours figées comme des statues. Aucune d'entre elles ne tremble ni ne sautille. On dirait qu'elles ont toutes le regard fixé sur moi.

En partant, le docteur Grandpré a éteint toutes les lumières à l'exception d'un petit plafonnier qui ne compte qu'une seule ampoule. Sous ce faible éclairage, les créatures qui m'entourent paraissent pâles et grisâtres.

Les poils se dressent sur ma nuque. Est-ce que je peux dormir sans crainte en présence de ces créatures? Je me sens en effet épuisé. Tous les muscles de mon corps protestent sous le poids de la fatigue. La tête me tourne.

J'ai besoin de sommeil. Il faut que je me repose pour être en pleine possession de mes moyens demain matin. Sinon, je ne trouverai jamais l'occasion

95

de m'échapper. J'hésite cependant à succomber à la fatigue, ne sachant pas ce que les créatures martiennes pourraient faire durant mon sommeil.

Me laisseraient-elles en paix? Dormiraient-elles tout comme moi? Essaieraient-elles plutôt de me faire du mal je ne sais trop comment?

Ces créatures sont-elles bienveillantes ou malveillantes? Possèdent-elles même ne serait-ce qu'un minimum d'intelligence? Je n'ai aucun moyen de le vérifier. Il y a toutefois une chose dont je suis certain : je ne pourrai pas demeurer éveillé encore bien longtemps.

Je vais donc m'installer par terre dans un angle de la pièce. Me recroquevillant le plus possible, je tente de conserver ma chaleur. Il s'agit cependant d'une cause désespérée. Le froid s'insinue inexorablement à travers tout mon corps. J'ai déjà le nez gelé et les oreilles engourdies. Quant à mes lunettes, j'ai l'impression qu'elles sont collées à mon visage.

J'ai beau me tasser le plus possible sur moi-même, je n'arrive pas à arrêter de trembler. Aucun doute, je vais mourir de froid. Lorsqu'il viendra me chercher demain matin, le docteur Grandpré découvrira mon corps gelé sur le plancher.

Je tourne les yeux en direction des créatures martiennes. Elles m'observent à la faible lueur du plafonnier. Tout est silencieux dans la pièce, à tel point que j'ai envie de crier.

— N'avez-vous donc pas froid? lancé-je d'une voix rauque à l'ensemble des créatures qui m'entourent. Est-ce qu'il n'y a que moi qui meure de froid ici? Comment pouvez-vous résister à pareille température?

Je n'obtiens évidemment aucune réponse.

— David, me dis-je à haute voix, tu es en train de perdre les pédales.

Il n'y a pas d'autre explication. Je ne m'attends tout de même pas à ce que ces créatures gluantes venues d'une autre planète me répondent.

En fait, elles me regardent toutes en silence, sans trembler ni bouger. Leurs petits yeux foncés brillent à la faible lueur du plafonnier.

Et si elles étaient endormies ? Elles dorment peut-être les yeux ouverts. Qui sait ? Ça expliquerait pourquoi elles ne bougent pas et pourquoi elles ont cessé de sautiller sur place. Elles sont tout simplement endormies.

Cette idée me réconforte un peu.

Serrant les bras un peu plus autour de moi, j'essaie à mon tour de m'endormir. Si seulement je pouvais arrêter de trembler. Je ferme les yeux. « Dors, dors, dors », me répété-je silencieusement.

Ça ne sert à rien. Je n'arriverai pas à dormir. En rouvrant les yeux, je découvre que je m'étais trompé. Les créatures qui m'entourent ne sont pas endormies. Au contraire, elles se sont remises à bouger. Je les vois se déplacer toutes ensemble. D'un seul et même accord, elles se dirigent vers moi.

27

Un faible gémissement s'échappe de ma gorge. Je tremblais déjà de froid, et voilà qu'un frisson de peur me secoue tout entier.

Les créatures martiennes se déplacent avec une rapidité surprenante. Sous mon regard terrifié, elles se regroupent au centre de la pièce, se pressant les unes contre les autres. Leurs corps produisent des bruits de succion en se touchant.

Je tente de me remettre sur pied, mais mes jambes refusent de me porter. Dès que je parviens à me relever avec effort, mes genoux se dérobent sous moi et je m'écroule sur le plancher.

Me blottissant le plus possible dans l'angle de la pièce, j'observe ce que font les créatures martiennes. Elles se précipitent les unes contre les autres avec bruit. Tout en se regroupant de la sorte, elles avancent... tout droit vers moi.

— Qu'est-ce que vous faites? demandé-je d'une voix haut perchée. Qu'est-ce que vous me voulez?

Je n'obtiens évidemment aucune réponse.

La pièce résonne du bruit que produisent les créatures en se heurtant.

— Laissez-moi tranquille ! hurlé-je.

J'essaie encore de me relever. Cette fois, j'arrive à me redresser sur les genoux, mais je tremble trop pour être capable de me tenir debout.

— Laissez-moi tranquille. Je vous en supplie ! m'écrié-je. Je... je promets de vous aider à vous échapper. Demain. Demain, je vous aiderai à vous échapper. Laissez-moi seulement passer la nuit sans mal.

Les créatures ne semblent rien comprendre à mes paroles. Je me demande même si elles peuvent m'entendre.

« Qu'est-ce qui leur prend ? me demandé-je tout en les regardant approcher. Pourquoi agissent-elles comme ça ? »

Une idée me vient à l'esprit. Elles ont attendu que je sois presque endormi avant de faire le moindre geste. Autrement dit, elles comptaient s'approcher en douce et me prendre par surprise. Sans aucun doute parce qu'elles savaient que je n'aimerais pas le sort qu'elles me réservent, mais alors pas du tout.

À cette pensée, je m'effondre par terre et me presse davantage contre le mur. Les créatures martiennes gagnent rapidement du terrain à la faible lueur du plafonnier. Plissant les yeux pour mieux voir, je découvre avec horreur qu'elles sont désormais toutes collées les unes aux autres.

Fusionnées en un tout, elles forment maintenant une grande étendue jaune qui couvre une bonne partie du plancher. Et cette masse gluante se dirige droit vers moi.

— Non! Non! Arrêtez! supplié-je d'une voix étranglée.

Je devrais me remettre sur pied, essayer de m'enfuir. Mais dans quelle direction? Je ne pourrai jamais échapper à cette énorme masse compacte.

La peur et le froid me paralysent. Je reste allongé là sans bouger, les yeux fixés sur l'étendue jaune qui ne tardera pas à m'atteindre.

— Nooon! gémis-je lorsque cette masse se soulève pour couvrir mes chaussures.

Elle glisse rapidement sur mes jambes puis sur mes cuisses. Étendu là sur le plancher, incapable de bouger, je la regarde me couvrir peu à peu. J'ai déjà l'impression de suffoquer sous son poids.

28

J'aurais dû faire quelque chose, me débattre. C'est trop tard maintenant. La masse chaude et gluante formée par les créatures martiennes collées les unes aux autres me couvre tout le bas du corps.

Dans un effort désespéré, je prends appui sur mes avant-bras et je tente de me tirer vers l'arrière. Sans résultat. Il faut que je trouve autre chose. J'essaie de m'esquiver en roulant sur moi-même, mais je n'y arrive pas sous le poids de la couverture vivante qui remonte le long de mon corps.

La masse que forment les créatures martiennes me couvre bientôt la poitrine. Va-t-elle monter plus haut pour me couvrir la tête? M'étouffer?

Je la frappe de mes poings, mais il est trop tard pour que je puisse la repousser. Trop tard pour que je puisse l'arrêter avant qu'elle n'atteigne mes épaules. Je suis pris au piège sous cette masse chaude et pesante.

Tournant la tête d'un côté puis de l'autre, j'essaie encore de rouler sur moi-même pour me libérer. Ça ne sert toutefois à rien. J'ai trop tardé à réagir, et me voilà pris sous cette couverture que je sens approcher de mon cou.

Cette masse vivante constituée de dizaines de créatures gluantes pressées les unes contre les autres palpite tandis qu'elle glisse sur ma poitrine. Je la sens qui se déplace pour me couvrir tout entier.

Lorsqu'elle atteint mon menton, je prends une profonde inspiration et retiens mon souffle. Sous le poids de cette masse, je ne peux plus remuer ni bras ni jambes. En fait, je suis totalement incapable de bouger.

À ma grande surprise, l'étendue formée par les créatures martiennes arrête sous mon menton. Je laisse lentement échapper mon souffle, puis j'attends. S'est-elle immobilisée pour de bon? Il semble bien que oui. Quelques minutes plus tard, elle n'a toujours pas repris son avance.

Je la sens tout contre moi. Elle palpite à un rythme régulier comme si elle possédait des dizaines de cœurs. Sa chaleur, sa douce chaleur m'envahit peu à peu.

Un soupir s'échappe de mes lèvres. J'ai enfin cessé de trembler de froid. Plus aucun frisson ne court le long de mon échine. Mes pieds et mes mains ne sont plus glacés.

Aaah! Je me sens au chaud, bien au chaud. Un sourire s'étire sur mon visage. Mes craintes se dissipent à mesure que je me réchauffe. Les créatures martiennes n'essayaient pas de me faire du mal. Au contraire, elles voulaient simplement m'aider.

Elles se sont collées les unes aux autres pour former une sorte de couverture bien chaude qui m'empêche désormais de mourir de froid. Je leur dois la vie.

Sous leur chaleur réconfortante, je me sens tout à coup très calme et fatigué. Mes yeux se ferment. Je ne tarde pas à sombrer dans un sommeil serein et sans rêves. Un sommeil réparateur.

29

Je me réveille à deux ou trois reprises au cours de la nuit. La crainte s'empare de moi lorsque je prends conscience que je ne suis pas couché dans mon lit à la maison.

Chaque fois, cependant, la chaleur des créatures martiennes collées les unes aux autres sur tout mon corps et leurs battements réguliers ne tardent pas à me calmer. Je ferme alors les yeux et me rendors paisiblement.

Une voix chargée de colère me tire d'un profond sommeil le matin venu. Des mains se referment sur mes épaules et me secouent sans ménagement pour me réveiller.

Ouvrant les yeux, je découvre le docteur Grandpré penché au-dessus de moi, toujours vêtu d'une longue blouse blanche de laboratoire. Je n'ai aucun mal à lire la colère sur son visage pendant qu'il me secoue avec force.

— Qu'as-tu donc fait ? me crie-t-il d'un ton furieux. Qu'as-tu fait aux créatures martiennes ?

— Hein? fais-je, encore à moitié endormi.

Les yeux toujours lourds de sommeil, je m'efforce d'éclaircir ma vision. Ma tête s'agite en tous sens alors que le docteur Grandpré continue à me secouer toujours aussi violemment.

— Lâ...lâchez-moi, parviens-je enfin à articuler d'une voix mal assurée.

— Qu'as-tu fait à ces créatures? Dis-le-moi, insiste le docteur Grandpré. Comment as-tu réussi à les transformer en une espèce de couverture?

— Je... je ne leur ai rien fait, bégayé-je.

Le docteur laisse échapper un grognement de colère.

— Tu as tout gâché!

N'ayant pas encore repris mes esprits, j'ai peine à saisir le sens de ses paroles.

— Je vous en prie. Je... commencé-je.

Je n'ai pas l'occasion d'en dire plus. Le docteur Grandpré me lâche brusquement, puis saisit à deux mains la couverture formée par les créatures martiennes.

— Qu'as-tu fait? me demande-t-il encore. Pourquoi as-tu fait ça?

Laissant échapper un autre cri de rage, il tire la couverture d'un geste sec et la projette contre le mur. J'entends les créatures pousser de faibles protestations de douleur lorsqu'elles frappent le mur du laboratoire. La couverture qu'elles forment glisse le long de la paroi et s'écrase mollement sur le plancher.

— Non! Vous n'auriez pas dû faire ça! m'exclamé-je.

Maintenant tout à fait réveillé, j'ai enfin retrouvé

l'usage de la parole. Sans attendre, je me lève d'un bond. Je sens encore sur ma peau la chaleur des créatures martiennes.

— Vous leur avez fait mal! crié-je au docteur.

Baissant les yeux, je contemple la couverture jaune toujours en tas sur le plancher. Des bulles apparaissent puis éclatent à sa surface. Je ne remarque aucun mouvement.

— Tu as laissé ces créatures te toucher? demande le docteur Grandpré en grimaçant de dégoût. Tu les as laissées te couvrir?

— Elles m'ont sauvé la vie, déclaré-je avec indignation. Elles se sont collées les unes aux autres pour former une couverture. Sans elles, je n'aurais pas survécu au froid.

Je jette un autre coup d'œil à ces créatures qui m'ont sauvé la vie. Elles sont encore collées les unes aux autres. Du liquide s'en échappe toujours. Les bulles qui apparaissent à leur surface se succèdent à un rythme accéléré, et leur masse palpite visiblement. On dirait presque des signes d'agitation... ou de colère.

— As-tu perdu la raison? s'exclame le docteur Grandpré, le visage rouge de colère. Comment as-tu pu? Comment as-tu pu laisser ces... ces monstres grimper sur toi? Tu les as touchés? Tu en as tenu dans tes mains? Qu'essayais-tu de faire? Détruire ma découverte? Saboter tout mon travail?

«C'est plutôt lui qui a perdu la raison, me dis-je. Tout ce qu'il raconte n'a aucun sens. Je n'y comprends absolument rien.»

Le docteur Grandpré fait soudainement un geste

dans ma direction. Sans me laisser le temps de réagir, il me saisit par les épaules. Je tente de lui échapper, mais il ne lâche pas prise et me tire avec lui en direction de la porte.

— Lâchez-moi! lui crié-je. Où m'amenez-vous comme ça?

— Je croyais que je pouvais te faire confiance, réplique le docteur Grandpré d'un ton menaçant. J'avais manifestement tort. Je suis désolé, David. Vraiment désolé. J'avais espéré pouvoir te laisser la vie, mais je me rends maintenant bien compte que c'est impossible.

30

Le docteur Grandpré m'entraîne avec lui jusqu'à la porte. S'arrêtant devant celle-ci, il plonge une main dans la poche de sa blouse. Je comprends aussitôt qu'il cherche la télécommande dont il a besoin pour ouvrir la porte.

«Voilà ma chance, me dis-je. Il ne me tient plus que d'une seule main.»

Rassemblant toutes mes énergies, je parviens à me libérer de son étreinte. Le docteur laisse échapper un cri de colère. Il tend les deux mains vers moi pour m'attraper, mais je m'esquive et cours vers le fond du laboratoire. Parvenu au mur, je me retourne pour faire face au docteur Grandpré.

Celui-ci me regarde avec un étrange sourire.

— Il n'y a aucune autre issue, David, m'affirme-t-il d'une voix douce. Tu ne pourras pas m'échapper.

Mes yeux font rapidement le tour de la pièce. À la recherche de quoi? Je n'en sais trop rien. Après tout, j'ai déjà eu l'occasion de voir tout ce qui s'y trouve. Et je sais que le docteur Grandpré a dit la vérité.

En effet, il se tient entre moi et la porte. Quant à la baie vitrée, elle est faite d'un verre trop épais pour que je puisse la briser, et il est impossible de l'ouvrir.

La pièce ne comporte aucune autre issue. Il n'y a aucune autre porte ni fenêtre. Aucun moyen de m'échapper.

— Que vas-tu faire maintenant, jeune homme? s'enquiert le docteur Grandpré d'une voix douce.

Son visage conserve le même étrange sourire, et ses yeux me fixent d'un regard glacé.

— Où comptes-tu aller? ajoute-t-il.

J'ouvre la bouche pour répondre, mais je ne trouve rien à dire.

— Laisse-moi t'expliquer ce qui t'attend, me propose le docteur d'un ton mielleux. Tu vas rester ici, dans cette pièce où il fait déjà si froid. Je vais te laisser ici et m'assurer que la porte est bien verrouillée. (Il fait une pause. Son sourire s'élargit.) Et sais-tu ce qui va se passer ensuite? Le sais-tu?

— Que... quoi? demandé-je d'une voix étranglée.

— Je vais faire descendre encore la température, jusqu'à ce qu'il fasse plus froid dans cette pièce que dans un congélateur.

— Non! protesté-je.

Le sourire s'efface du visage du docteur Grandpré.

— Je te faisais confiance, David. Je te faisais confiance, mais tu m'as trahi. Tu as laissé ces créatures te toucher. Tu les as laissées former cette... cette couverture! Il n'y a maintenant plus rien à faire avec ces créatures. Tu as tout gâché.

— Je... je n'ai rien fait, bégayé-je.

Je serre les poings tout en sachant que je ne peux

rien contre lui. À la fois impuissant et effrayé, je continue malgré tout à protester.

— Vous ne pouvez pas me laisser mourir de froid! m'écrié-je. Je n'ai rien fait! Vous ne pouvez pas me laisser mourir ici!

— Et pourquoi pas? réplique le docteur Grandpré d'une voix qui me glace le sang. Nous sommes dans mon laboratoire après tout. Cet endroit m'appartient, et je peux y faire ce qui me plaît.

Sans un mot de plus, il sort la télécommande de sa poche et la pointe en direction de la porte. Son doigt enfonce un bouton. La porte s'ouvre aussitôt.

— Au revoir, David, me lance le docteur Grandpré avant de se diriger vers la porte.

31

— Non, arrêtez ! lui crié-je avant qu'il n'atteigne le seuil de la pièce.

Le docteur Grandpré s'immobilise à quelques pas de la porte. Tandis qu'il se retourne dans ma direction, la couverture formée par les créatures martiennes se soulève. Elle se dresse à la verticale, puis s'abat sur le docteur Grandpré avec un bruit sourd.

Celui-ci laisse échapper un cri de colère en disparaissant sous la lourde couverture jaune. Je le vois se débattre sous la masse gluante, qui le recouvre maintenant tout entier et étouffe en partie ses protestations.

Le docteur Grandpré s'agite en tous sens, mais je sais bien qu'il ne parviendra pas à repousser la couverture ni à lui échapper. Au bout d'un moment, il s'effondre sur le plancher. La couverture s'affaisse avec lui. Des bulles liquides se forment toujours à sa surface.

Sans attendre une seconde de plus, je prends une profonde inspiration puis m'élance en direction de la porte. Je contourne la couverture et le docteur Grandpré, qui essaie toujours de s'en libérer, et je me précipite hors de la pièce. Mes pas résonnent tandis que je fonce dans le couloir qui mène à la salle d'attente.

Quelques secondes plus tard, j'atteins la porte d'entrée. Enfin! Je pousse le battant de l'épaule et m'empresse de sortir du bâtiment. Le souffle court, j'aspire goulûment l'air frais et printanier du dehors.

Il fait un temps splendide. Dans sa course matinale, le soleil a tout juste atteint le sommet des arbres. Le ciel, lui, est bleu et sans nuages.

Balayant les environs du regard, j'aperçois un peu plus loin un camelot à bicyclette. Il n'y a personne d'autre aux environs. Sans plus hésiter, je me tourne et me dirige vers l'angle du bâtiment.

L'air est si pur, et le gazon sent si bon. Jamais je n'ai autant apprécié de me trouver à l'extérieur.

Il faut cependant que je rentre à la maison. J'ai idée que ma bicyclette se trouve quelque part par ici. Je la découvre effectivement appuyée contre le mur de derrière du laboratoire, cachée par un conteneur à ordures.

Après avoir vérifié qu'elle n'est pas endommagée, je l'enfourche et m'éloigne en pédalant. Jamais une balade à bicyclette ne m'a paru aussi exaltante, aussi grisante. J'ai réussi à échapper au docteur Grandpré, à m'enfuir de cet horrible endroit glacial.

Je me mets à pédaler plus vite et roule sans m'arrêter. Le paysage défile à toute allure, mais je n'ai pas besoin de le voir. Je connais le chemin à suivre.

Me voilà arrivé à la maison. J'ai dû établir un

nouveau record de vitesse. Cessant de pédaler, je me laisse rouler jusqu'au fond de l'entrée. Un coup de frein, et je saute de ma bicyclette pour ensuite la coucher dans l'herbe.

— Maman! crié-je en ouvrant la porte de derrière pour entrer dans la cuisine.

Assise à table, ma mère se lève d'un bond. L'inquiétude peinte sur son visage disparaît dès que je me précipite à l'intérieur.

— David! s'exclame ma mère. Où étais-tu passé? Nous étions tous tellement inquiets. La police est à ta recherche et...

— Je vais bien, lui assuré-je avant de l'embrasser à la hâte.

Mon père apparaît à l'entrée de la cuisine.

— David, tu n'as rien? me demande-t-il. Où as-tu passé la nuit? Ta mère et moi...

— Les créatures martiennes! m'écrié-je en saisissant mon père par la main pour l'entraîner vers la porte. Venez! Il n'y a pas de temps à perdre!

— Hein? fait mon père.

Il se tourne vers moi et m'examine en plissant les yeux.

— Qu'est-ce que tu racontes?

— Je n'ai pas le temps de vous expliquer, déclaré-je. Elles retiennent le docteur Grandpré prisonnier. C'est un homme mauvais, papa. Tu ne peux pas savoir à quel point.

— Qui retient qui prisonnier? demande ma mère.

— Les créatures martiennes! Dépêchez-vous! Il n'y a pas de temps à perdre!

Mes parents restent cependant là sans bouger. Je

les vois échanger un regard. Ma mère s'avance vers moi et pose une main sur mon front.

— Tu te sens bien? s'enquiert-elle. Tu es sûr de ne pas avoir de la fièvre?

— Maman, je ne suis pas malade, répliqué-je. Écoutez-moi, s'il vous plaît. Il faut retourner là-bas.

Je devrais sans doute m'expliquer plus clairement, mais je suis trop agité pour faire mieux en ce moment.

— David, va t'allonger, m'ordonne ma mère. Je vais appeler le docteur Martin.

— Non! s'il te plaît. Je n'ai pas besoin d'un médecin, protesté-je. Je voudrais seulement que toi et papa veniez avec moi. Il faut que vous les voyiez. Il faut que vous voyiez ces créatures martiennes. Il n'y a pas de temps à perdre.

Mes parents échangent un autre regard visiblement inquiet.

— Je ne suis pas fou! m'emporté-je. Je veux que vous m'accompagniez au laboratoire de recherches.

— Bon, bon, finit par accepter mon père. Alors tu te trouvais bien à cet endroit hier et tu y as passé la nuit?

— Oui, dis-je en le poussant vers la porte de la cuisine. Je t'ai appelé encore et encore lorsque tu es venu, mais tu ne pouvais pas m'entendre.

— Ouah! murmure mon père avant de secouer la tête. Ouah!

Nous montons tous trois dans la voiture. Moins de cinq minutes plus tard, mon père stationne devant le laboratoire de recherches. Je descends de la voiture avant même qu'il n'ait éteint le moteur.

La porte d'entrée du laboratoire est grande ouverte, telle que je l'ai laissée en partant. Je me précipite à l'intérieur, mes parents sur les talons.

— Ces créatures viennent de la planète Mars et ressemblent à des œufs brouillés. Elles se sont emparées du docteur Grandpré.

J'entraîne mon père et ma mère le long de l'étroit couloir. Sitôt parvenu à son extrémité, j'ouvre la porte de la pièce où j'ai passé la nuit. Mes parents se pressent derrière moi tandis que j'avance à l'intérieur de la pièce et la balaie du regard.

Une exclamation d'étonnement s'échappe de mes lèvres.

32

Mes parents me dévisagent sans un mot. Je peux lire l'inquiétude dans leurs yeux.

— Où sont ces fameuses créatures martiennes? demande ma mère d'une voix douce.

Mon père pose une main sur mon épaule.

— Oui, où sont-elles? s'enquiert-il dans un murmure.

— Je... Elles ont disparu, balbutié-je.

L'endroit est en effet désert. Toute trace du docteur Grandpré et des créatures martiennes a disparu. Il n'y a autour de nous qu'une pièce vide aux murs et au plancher d'un blanc immaculé.

— Elles sont peut-être retournées sur la planète Mars, ajouté-je en parlant des créatures.

— Et le docteur Grandpré? Qu'est-il advenu de lui? demande mon père.

— Les créatures ont peut-être décidé de l'amener avec elles, avancé-je.

Ma mère pousse un soupir.

— Rentrons à la maison, dit-elle. Il vaut mieux te mettre au lit.

Les mains sur mes épaules, mon père me fait sortir de la pièce.

— Je vais appeler le docteur Martin, déclare-t-il d'un ton réconfortant. Je réussirai sûrement à le convaincre de passer à la maison ce matin.

— Je... je dois avouer que je ne me sens pas tout à fait bien, dis-je d'une voix hésitante.

Nous retournons donc à la maison, où mes parents s'empressent de me mettre au lit. Un peu plus tard dans la matinée, j'ai droit à une visite de notre médecin de famille. Celui-ci m'examine avec soin, mais sans rien découvrir d'anormal. Il recommande toutefois à mes parents de me faire garder le lit pour que je me repose encore quelque temps.

Mes parents ne croient visiblement pas un mot de ce que je leur ai raconté. Leur attitude me déprime quelque peu, mais je ne vois pas comment je pourrais les convaincre que tout ça est vrai.

Je dois reconnaître que je ne me sens pas tout à fait dans mon assiette. «C'est sans doute la fatigue», me dis-je tandis que le sommeil s'empare de moi. Je dors ainsi pendant un moment avant de me réveiller pour me rendormir quelques minutes plus tard.

En fin d'après-midi, je me réveille au son de la voix de Virginie. Elle et quelques-unes de ses amies se trouvent dans le couloir, à l'extérieur de ma chambre.

— David a totalement perdu les pédales, déclare ma sœur. Il affirme qu'il a été enlevé par des créatures venues de la planète Mars.

En entendant cela, ses amies pouffent de rire.

Zut! Je n'avais vraiment pas besoin de ça. Maintenant tout le monde va s'imaginer que je suis cinglé.

L'envie me prend d'appeler ma sœur, de la faire venir à mon chevet. Rien ne me plairait davantage que de lui raconter ce qui s'est réellement passé et de parvenir à la convaincre que je dis la vérité. Mais comment? Personne ne voudra jamais me croire.

Je soupire et me laisse de nouveau gagner par le sommeil...

— David! David! appelle une voix.

Réveillé une fois encore, je me dresse sur mon séant. Cette voix provient de l'extérieur. Sautant du lit, je marche jusqu'à la fenêtre que ma mère a entrouverte un peu plus tôt. Anne se tient là dehors, au milieu de l'entrée.

— David, tu vas bien? me demande-t-elle. Que dirais-tu de venir chez moi? Mes parents ont acheté un nouveau jeu d'échecs pour notre ordinateur.

— Super! m'exclamé-je. Je te rejoins chez toi dans une minute.

Sans perdre une seconde, j'enfile un jeans et un chandail. Dormir m'a fait un bien immense. Je me sens en effet beaucoup mieux, reposé. Quel soulagement que tout soit rentré dans l'ordre! Je me mets à fredonner tout en me brossant les cheveux.

«Tu viens de vivre une aventure incroyable, déclaré-je à mon image dans le miroir. Imagine un peu. Tu as passé une nuit avec des créatures provenant de la planète Mars!»

Oui, et je suis sorti indemne de toute cette histoire. Mieux encore, tout est maintenant revenu à la normale.

Je me sens tellement heureux que j'embrasse ma sœur dans le couloir avant de me diriger vers l'escalier. Sidérée, Virginie reste figée sur place et me regarde comme si j'avais vraiment perdu les pédales.

Je fredonne encore tout en sortant de la maison par la porte de derrière. Sitôt à l'extérieur, je m'éloigne à travers la cour en direction de la maison des Gravel. Tout ce qui m'entoure est tellement beau. Le gazon. Les arbres. Les premières fleurs du printemps. Le soleil qui descend sur l'horizon.

Quelle journée! Quelle journée absolument magnifique, parfaite et normale!

À mi-chemin de chez Anne, je m'arrête et m'accroupis dans l'herbe... où je ponds l'œuf le plus énorme que tu puisses imaginer.

UN MOT SUR L'AUTEUR

R.L. Stine a écrit plusieurs romans à suspense pour les jeunes, qui ont tous connu un grand succès de librairie.

Parmi les plus récents, citons *La gardienne III*, *Rendez-vous à l'Halloween*, *Vagues de peur*, *Le chalet maudit* et *Un jeu dangereux*.

R.L. Stine habite New York avec son épouse, Jane, et leur fils, Matt.

DANS LA MÊME COLLECTION

1. Sang de monstre
2. Sous-sol interdit !
3. D'étranges photos
4. La maison de Saint-Lugubre
5. Prisonniers du miroir
6. Le tombeau de la momie
7. Le pantin diabolique
8. La fillette qui criait au monstre
9. Le fantôme d'à côté
10. Bienvenue au camp de la peur
11. Le masque hanté
12. Joëlle, l'oiseau de malheur
13. La mort au bout des doigts
14. Le loup-garou du marais
15. Je n'ai peur de rien !
16. Une journée à Horreurville
17. Pris au piège
18. Sang de monstre II
19. Terreur dans le récif
20. La balade des épouvantails
21. Les vers contre-attaquent
22. La plage hantée
23. La colère de la momie
24. Un fantôme dans les coulisses
25. Le mutant masqué
26. Les cobayes du docteur Piteboule
27. Les pierres magiques
28. L'horloge enchantée
29. Sang de monstre III
30. Un monstre sous l'évier
31. Le pantin diabolique II
32. Les chiens fantômes
33. Le masque hanté II
34. Le fantôme sans tête
35. Chez les réducteurs de têtes
36. L'abominable homme des neiges
37. Le pantin diabolique III
38. Un magicien plein de malice

À PARAÎTRE

N° 40
LA REVANCHE DES LUTINS

Flamants roses, mouffettes... Le père de Justin adore les objets d'extérieur, soit disant décoratifs.

Il vient à peine de s'acheter deux affreux lutins en plâtre lorsque le jardin du voisin est saccagé au cours de la nuit, et ce n'est qu'un début...

Mais qui pourrait croire que ces lutins sont responsables de tout ce qui arrive? Après tout, ce ne sont que des objets en plâtre!

Dans la même collection

LES PIERRES MAGIQUES

En visite à Londres, Annie et son frère Théo se perdent lors d'une excursion en groupe. Mais il n'y a aucune raison de paniquer. Jamais leur guide ne les abandonnerait tout seuls dans une vieille prison sinistre. Jamais il ne les laisserait là; après la tombée de la nuit, enfermés dans une tour où un étrange inconnu cherche à s'emparer d'eux. Mais… sait-on jamais?

L'HORLOGE ENCHANTÉE

Sarah la satanique! Voilà comment Michel Rouleau a baptisé sa peste de petite sœur. Il faut dire qu'elle mérite bien ce surnom avec tous les tours pendables qu'elle joue à son frère. Un jour, le père de Michel achète une vieille horloge très coûteuse, une antiquité à laquelle personne n'a le droit de toucher. Cette recommandation s'adresse à Michel, aussi, bien sûr. Pauvre Michel! Il aurait dû obéir à son père.

SANG DE MONSTRE III

Christophe déteste garder son cousin Xavier qui ne s'intéresse qu'aux jeux vidéo. Ce petit génie passe tout son temps à tenter d'étranges expériences.

Pour donner une bonne leçon à Xavier, Christophe sort sang de monstre de sa cachette. Il en met une petite quantité dans une des savantes mixtures de Xavier. Le mélange éclabousse Christophe, qui en avale par mégarde.

Xavier, trouvera-t-il à temps un contre-poison pour sauver Christophe?

LE MONSTRE SOUS L'ÉVIER

Kat, son frère, Daniel, et leurs parents viennent d'emménager dans une nouvelle maison. Une demeure immense de trois étages, avec des pièces à ne plus savoir qu'en faire.

La vie paisible que mène cette famille est alors perturbée par une créature démoniaque qui vit sous l'évier de la cuisine.

Comment cette cohabitation va-t-elle se dérouler? Et que va-t-il en résulter?

LE PANTIN DIABOLIQUE II

Le pantin de ventriloque d'Annick est vieux. Annick supplie ses parents de lui en procurer un autre. Son père lui apporte bientôt Charlot trouvé dans une boutique de prêteur sur gages. Charlot n'est pas très beau, mais Annick s'amuse à répéter son numéro avec lui. Avec la venue de Charlot chez les Marleau, des événements terribles se produisent. Des événements qu'on pourrait qualifier de diaboliques...

LES CHIENS FANTÔMES

Didier vient d'emménager avec toute sa famille dans une vieille maison en pleine forêt. À peine arrivé, ses nuits sont hantées par des bruits bizarres, des craquements et des hurlements. Des chiens féroces aux crocs menaçants poursuivent Didier, le réveillent la nuit. Ils entrent et sortent de la maison. Ils passent à travers portes et murs. Quelles sont ces horribles bêtes fantômes? Et pourquoi s'acharnent-elles sur Didier?

Dans la même collection

N° 33

LA MASQUE HANTÉ II

Mario n'oubliera jamais le masque d'Halloween de Carole. Il était tellement terrifiant et si monstrueux. Cette année, Mario décide d'être celui qui aura le déguisement le plus effrayant. Il se procure donc un masque de vieillard sinistre aux cheveux filasses, au visage ridé et aux oreilles d'où sortent des araignées! Mario remporte évidemment la palme.

Mais pourquoi se sent-il si vieux, si fatigué, si démoniaque?...

LE FANTÔME SANS TÊTE

N° 34

Tout le monde connaît la Maison de la colline. Cette demeure sinistre attire les visiteurs parce que, dit-on, elle est hantée. Son fantôme: un garçon de treize ans sans tête. La Maison de la colline n'a rien de très accueillant. Cependant, David et Stéphane l'adorent... Ils n'ont jamais vu son fantôme jusqu'au soir où ils décident de se mettre à sa recherche. Une aventure étrange qui glace d'effroi!

N° 35

CHEZ LES RÉDUCTEURS DE TÊTES

Qu'est-ce qui possède deux yeux, une bouche et une peau verdâtre toute ridée? La tête réduite, qui provient de l'île de Baladora, que Marc a reçue en cadeau. Marc meurt d'envie de la montrer à tous ses amis tellement elle est laide et effrayante. Mais, un soir, la tête se met à bouger et à briller. Marc a-t-il raison de penser qu'elle lui procure un pouvoir étrange, magique... mais dangereux?